花嫁は
神の庭で
愛される

花《はな》嫁《よめ》は神《かみ》の庭《にわ》で愛《あい》される

一《いち》文《もん》字《じ》鈴《りん》
ILLUSTRATION：古《ふる》澤《さわ》エノ

花嫁は神の庭で愛される

LYNX ROMANCE

CONTENTS

花嫁は神の庭で愛される

プロローグ

この日、藤波《ふじなみ》由弦《ゆづる》が住んでいる山陰《さんいん》地方に秋の嵐が接近し、大雨と共に強風が吹き荒れた。

五歳の由弦は窓際に近づき、そっとカーテンを開けてみた。

ガタガタと揺れている窓ガラスに横殴りの雨が吹きつけ、周囲の木々が大きく葉を揺らしているのが見える。びゅうびゅうと鳴る嵐の音がお化けを彷彿《ほうふつ》させ、由弦は小さな手でパジャマの胸元を握りしめた。

「こわい……、母さん、父さん、伊織《いおり》……」

由弦は両親と弟が寝ている一階の和室へ行こうと部屋のドアノブに手をかけ、はたと足を止める。

「——僕、一年生になるんだ。しっかりしなきゃ」

ぽつりとつぶやく。

春になったら一年生になるからと、由弦はひとり部屋になり、ピカピカのランドセルと学習机を買ってもらったばかりだ。

由弦は小さな手を握ると、ベッドにもぐり込んだ。毛布で頭まですっぽりと覆い、ぎゅっと目を閉じる。

「おうちの中にいれば、大丈夫。怖くないもん。おうちの中にいれば……」

自分に言い聞かせるように繰り返しているうちに、由弦はいつの間にか眠っていた。

「ん……」

翌朝、カーテンの隙間《すきま》からこぼれる光が薄暗い部屋の中を明るく塗り替え、由弦はパッと目を覚ました。

「あっ、朝だ！」

ベッドから降りて勢いよくカーテンを開けると、昨夜の雨と強風が嘘《うそ》のように収まり、穏やかな晴天が広がって、やわらかな日差しが眩《まぶ》しい。

だが、窓から見える参道《さんどう》に、ハッと顔を強張《こわば》らせた。

「ごみがたくさん落ちてる――」

由弦はパジャマを脱いでトレーナーと長ズボンに着替え、カーディガンを羽織って部屋を出た。

階段を下りると室内は静まり返っていて、まだ両親と弟は寝ているようだ。

居間へ入らず、洗面所で顔を洗い、棚からごみ袋を取り出してそのまま外へ出た。

由弦の父は神社の宮司《ぐうじ》だ。寺の中の庫裏《くり》で生活する住職と違い、宮司は社務所《しゃむしょ》内など境内《けいだい》の中に家がある場合の他、神社から徒歩圏内のところに住居を持つこともある。藤波家の場合は、神社の敷地内に家があった。

由弦が生まれ育ったのは、およそ千年の歴史を持つ青元《せいげん》神社だ。

その由来は遠い古《いにしえ》……京都《きょうと》を中心に雅《みやび》な文化が栄えていた頃まで遡《さかのぼ》る。山々では妖怪と人間とが共存し、この山陰地方の青元村の山には、とても美しい野狐《やこ》が棲《す》んでいた。

彼はいたずら好きだったらしく、人間相手に悪さを繰り返し、ついには稀代《きたい》の陰陽師《おんみょうじ》によって退治され、大怪我《けが》を負ってしまった。弱って山の麓《ふもと》で倒れていたその野狐を見つけたのが藤波家の先祖だった。憐《あわ》れな野狐を家へ連れて帰り、治療を施《ほどこ》してかくまったのだ。

人間の優しさを知った野狐はその後改心し、徳を積んで天狐《てんこ》まで上り詰め、恩返しとして藤波家の先祖が暮らしていた青元村の守り神になることを決めた。そして村の安泰のため、藤波家の先祖に神社を創建させ、ご神体を祀《まつ》るよう命じた。その時、築いたのがこの青元神社だ。

「神社をきれいにしなきゃ」

まだ幼いながらも神社を大切に思っている由弦は、裏参道を見て意気込んだ。

昨夜の嵐の時とは一転して空は青く澄み、優しい日差しが降り注いでいるが、強風の影響だろう、周囲は低木の葉やごみがたくさん落ちている。

参拝者に気持ちよく神社に足を運んでもらうために、由弦は落ちているごみを拾う。

「お掃除しなきゃ。よいしょ、よいしょ」

次々にごみを見つけて、ビニール袋に入れながら歩いて行く。

「あっちにも……ごほっ、ごほっ」

そこで、胸に軽い痛みが走った。

喘息《ぜんそく》がある由弦は、気温や気圧の変化などでよく咳《せき》込む。体を折るようにして手で口を覆うと、じきに咳が治まって、ほっとする。

「はぁ……っ、もう大丈夫。さあ、お掃除の続きだ」

気を取り直してごみを探して歩くと、御神木が見えてきた。

物心つく前から二歳下の弟の伊織と境内で過ごしてきた由弦にとって、保存樹木に指定されている樹齢八百年を超える立派な御神木は、青元神社の象徴であると同時に家族のように身近な存在だった。

まわりの木々を圧倒する巨大さで、樹高三十メートル以上ある太い幹が空に向かって伸びている様は圧巻だ。

由弦は目を細めて御神木を見上げたが、すぐにその目を見開いた。

「あ——枝が！」

御神木の枝が、昨夜の強風で折れてしまっている。

由弦は小さな手で落ちている枝を抱きしめた。

「痛かったでしょ、大丈夫……？　ああっ、巻いていた紙垂《しで》がなくなってる」

御神木を巻いている注連縄《しめなわ》に垂らしていた紙垂が、ちぎれてなくなっていた。

「怖かったね。ご神木さん、痛かったでしょ……」

じわりと涙が浮かび、由弦はぐっと目元を擦《こす》り上げた。

「僕、もう一年生になるから、泣かないよ」

両手で枝を抱えて御神木のそばに持っていき、そっと労《いたわ》るように根元に置いた。

「新しい紙垂を作るからね。ご神木さん、元気を出して」

『――ありがとう』

呼応するように聞こえてきたのは、優しそうな男性の声だった。

「え、だあれ？」

声の方を振り仰いで、由弦は驚いた。いつの間にか御神木の近くに白銀の毛並みが美しい、大きな獣がいたのだ。

ピンと立った耳と切れ長の眦《まなじり》は犬に似ているが、口元が細長い。

「もしかして、狐さん？　あれ、尻尾が……」

太く立派な尻尾が四本もあるのを見て、由弦はますます目を丸くした。

狐の方も、切れ長の目を見開いて、じっと由弦を見つめている。

じきに雪のように白い狐が、観察するようにぐるぐると由弦の周囲を一周した。

『そなた、私が見えるのか』

「うん、見えるよ。白色の狐さんって、めずら……あっ」

由弦はハッとして小さな手を口に当てた。

「き、狐さんがしゃべった！　えっ、しゃべるの。コーンって鳴くんじゃないの？」

その言葉に白狐が愉快そうに細長い鼻に皺《しわ》を寄せ、すっと後ろ脚で立ち上がった。

「うわ……」

二本脚で立った白狐を見た由弦は、驚きすぎて口を開けたまま固まってしまう。

『驚かせてしまったようだな。ふふふ……』

白狐が声を上げて笑い、呪文のようなものを囁《ささや》いた。

『――開身変瞬《かいしんへんしゅん》……』

不可解な言葉が空気を揺らし、由弦の耳朶《じだ》へ届く。

刹那《せつな》、白狐の姿が光り出した。

「わ、まぶしい」

大量に放たれる光の束に、由弦は思わず両手で顔を覆った。

そろそろと指の隙間から薄く目を開けると、光の中央にいる狐の輪郭が揺らぎ、姿が変わっていく。

二本脚で立っていた白狐の背が伸び、薄紫色の布が踊るように視界ではためいて、ひらひらと舞っている。

「え……？」

一体何が起こっているのだろう。その様子に見入っているうちに光が弱くなり、消えていく。

「あっ」

そこに立っていたのは、艶《つや》やかな銀色の長い髪を風になびかせた、恐ろしく整った顔立ちの男性だった。

先ほどの白狐は五歳の由弦と目線が同じくらいだったが、人の姿になった彼はかなり背が高い。由弦の父や周囲の大人とは一線を画《かく》しているような、不思議な雰囲気を纏《まと》っていた。

「えっ……狐さんが、お兄さんに！」

愕然《がくぜん》と見上げる由弦に、男性が笑みを浮かべた。

「そなたを驚かせないよう、変化《へんげ》した。こちらが私の本当の姿だ」

青色の双眸《そうぼう》を細めて微笑《ほほえ》む彼は、子供の由弦でも思わず見惚《みと》れてしまうほど美麗だ。

男性が着ているのは鮮やかな紫色の袍《ほう》という装束《しょうぞく》で、金色の指貫《さしぬき》を穿《は》いている。宮司の父が神事の時に着用している着物を見慣れている由弦には馴染《なじ》みのある装いだ。

「そういう服、父さんも着ているよ」

「そうか、そなたは宮司の後継――。……似ていると思った」

すっと笑いを収めた男性の気配が、ふいに変わった。

「……お兄さん？」

「私の姿が見える人間と久しぶりに会った。うれしく思うぞ。そなたの名前は？」

笑みを消した男性はどこか緊張にも似た空気を漂わせているが、由弦は問われるまま、自らの名を告げた。

「僕は藤波由弦」

「宮司の嫡男《ちゃくなん》であるそなたは、血筋が濃い。そのせいで霊力が強く、私が見えるようだ」

「え？」

意味がわからず小首を傾《かし》げる由弦を見つめ、彼は青色の瞳を再びやわらかく細めた。

「私はこの土地の守り神の蓮《れん》だ」

「守り神ってことは……神様？　あ、この神社は狐の神様が守ってくれているって父さんが言ってた。もしかしてお兄さんはその狐の神様なの？」

まさか神社の神様に会えるとは思わず、由弦は喜々として声を上げた。

「ああ、そうだ。そなた、由弦と申したな。その手に持っている袋はどうした？」

彼は由弦が握っている、ペットボトルやお菓子の包み紙などが入ったビニール袋を見つめている。

「これ？　参道のごみを拾ったの！　昨夜《ゆうべ》は風がすごかったでしょ。お兄……じゃない、神様は大丈夫だった？」

「大丈夫だ。私のいるところに影響はなかった。だが霊鏡《れいきょう》で見て、里人たちのことが心配になって様子を見に来たのだ。参道のごみを拾っていたのか、そなたは優しいな」

　蓮が口にした「霊鏡」というものはよくわからなかったが、優しいと褒められたことがうれしくて、由弦は小さな胸を張った。

「僕ね、この神社をきれいにして、たくさんの……ごほっ、ごほっ」

「どうした？」

「ううん……、こほっ、僕、よくこうなるの……ごほっ」

　蓮に背を向けて咳込んでいると、大きな手が背中に置かれた。

「――温共胸手《おんきょうきょうしゅ》」

　また呪文のような言葉が聞こえ、背中に触れている手からあたたかな熱が伝わってきた。

　その温《ぬく》もりに不思議なくらい安堵《あんど》でき、魔法のように徐々に咳が治まっていく。

「あ、ありがとう。神様の手、あたたかいね」

「蓮でいい。そなたは薄着すぎるぞ」

　蓮は着ていた袍を脱いで由弦に着せてくれた。きらびやかな袍から、森林のような清々《すがすが》しい匂いがする。

「いい匂い……それに、とってもあたたかい……えっと、蓮様……ありがとう」

「礼にはおよばぬ。さて、そなたを家まで送ろう」

彼はそう言うと、ビニール袋を持ったままの由弦の体をひょいと抱き上げた。

一気に視線が高くなり、由弦は焦って落ちそうになってしまう。

「あっ、わ……」

あわてて蓮の逞《たくま》しい体にしがみつくと、彼は大切そうに由弦を抱いたままゆっくりとした足取りで歩き出した。彼の胸元からは、袍と同じく瑞々《みずみず》しい青葉の香りがする。規則的に訪れる心地よい振動に、由弦は身を任せ目を閉じた。

じきに家の前まで来ると、蓮は歩みを止める。

「あの、蓮様、中に入って。父さんと母さんに紹介するから」

外は寒いのであたたかい飲み物でも飲んでほしかったが、蓮は微笑んで首を左右に振り、その場に由弦を下ろした。

「私は里の様子を見てくる。由弦、元気で」

「もう行っちゃうの？」

着ていた大きな袍を脱いで差し出すと、蓮は笑みを浮かべたまま由弦の頭に優しく手を置いた。

「また会おう」

「うんっ、僕、蓮様のこと、忘れないよ。絶対に、また会いにきてね」

その約束に蓮は、どこか切なさを帯びた眼差《まなざ》しでつぶやいた。

「人の子は、すぐ大きくなる。そして、じきに忘れてしまう」

「僕、覚えているから」

由弦がにっこり笑うと、蓮の唇がゆっくりと曲線を描き、穏やかな微笑を刻む。

「由弦――神木を大切に扱ってくれた礼に、そなたに困ったことがあったら私が助けに来よう」

言い聞かせるように紡ぐ彼の唇が近づいて、由弦の頬《ほお》に温もりが落ちた。

「ふぁ……」

思わず声が漏《も》れ、由弦は頬に手を当て目をまたたかせた。

「忘れてもよい。心優しいそなたが元気ならば、由弦――」

「忘れないよ！　家まで送ってくれてありがとう、蓮様」

ぺこりと頭を下げ、しかし顔を上げた時にはもう、周囲から蓮の姿も気配も消えていた。

「蓮様、いなくなっちゃった……」

優しく降り注ぐ日差しの中で、由弦は立ち尽くす。

それが五歳の由弦と、守り神である蓮との出会いだった。

1

十六年が過ぎ、由弦は二十一歳になった。

「母さん、境内の掃除に行ってくる」

台所から顔を出した母に言い置くと、藍染《あいぞめ》の作務衣《さむえ》を着た由弦は家を出た。

参道を歩き、社務所の奥から竹箒《たけぼうき》を取って境内の掃除を始める。

師走にしてはあたたかな気温に心弾ませながら掃き掃除に集中していると、あっという間に時間が過ぎていく。

小一時間ほどして、鴉《からす》の鳴き声が周囲の木々の間から聞こえてきた。

足元に落ちている木の枝を見て、由弦の脳裏になつかしい思い出がよみがえる。

（僕は五歳の時、この土地の守り神だという狐の神様に会った。確か、嵐の翌日だった……）

その出来事を両親に話した当時、青元神社の成り立ちの話を聞きすぎて、野狐と先祖の出会いを夢に見たのだろうと母は笑い、父は、信心深いことは大切だが夢と現実を一緒にするなんて、とひどく心配していた。

（夢じゃない……はず）

月日が経《た》つにつれ、由弦自身の記憶も薄れつつある。しかし、神様との出会いをきっかけに、将来に向けて徐々に気持ちが固まってきたのも事実だ。

（僕は、この神社を――あの神様を守りたい）

白狐の神様に会ってから、この神社を守っていく宮司になりたいと由弦は思い始めた。そして、その気持ちは大学生になった今でも変わっていない。

由弦はゆっくりと空を見上げ、手の甲で汗を拭《ぬぐ》い、昼の残滓《ざんし》を残しながら空が茜《あかね》色に染まっていくのを見つめた。

夕焼け空を見るのも好きだが、澄んだ青色が一番好きだ。この神社の名前が「青元神社」だからなのか、青は由弦が小さな頃から好きな色で、青空を見ると気持ちが落ち着く。

朱色に染まった境内を見渡すと、弟の伊織が社務所の前を掃いている後ろ姿が見えた。

今年で十九歳になる伊織は、二歳年上の由弦より五センチほど背が高い。

甘えん坊だった弟に身長を抜かれたのは、由弦が中学三年生、伊織が中学一年生の時だった。

今では由弦が弟で、伊織の方が兄だと間違われることが多い。確かに大学でテニスサークルに所属している伊織は、健康的に日焼けした褐色の肌と逞しい体つきをしている。一方、病弱でいまだ喘息がある由弦は、色白で細身だ。

それに、由弦は優しい顔立ちをしているが、伊織は精悍《せいかん》な顔つきで、二人はあまり似ていない。

「僕も掃除を頑張ろう」

てきぱきと掃除をする伊織の様子に奮起し、由弦は竹箒を持ち直すと、石畳の参道を丹念に掃き清めていく。

拝殿とその奥にある本殿の周りも掃き終え、次に参道の両端の草抜きにとりかかる。

参拝する人に清らかな気持ちになってもらうため、神域を清浄に保つように毎日朝夕、丁寧に掃除をしているので、目につく雑草はそう多くない。

「日が暮れる前に終わらせないと」

由弦が本殿から燈籠《とうろう》までの雑草を抜いていると、周囲の藍色が濃くなってきた。

つぶやいた途端、ぜぃぜぃと喉の奥から苦しげな呼吸音が聞こえてきて、由弦は胸を押さえる。日が暮れ、急激に気温が下がったことで起きる発作だろう。

「ごほっ、ごほっ」

「――兄さん、大丈夫？」

咳込む由弦に気づいた伊織が、駆け寄ってきた。

「ごほっ……、ちょっと咳が出ただけ」

「無理しないでよ。ね、境内もきれいになったし、そろそろ家に帰ろうか」

「うん……」

小児喘息を患《わずら》っていた由弦は今もその症状が治らず、昔から頻繁《ひんぱん》に熱を出した。今も学校が休みの間はかかりつけの病院に入院し、吸入ステロイド薬や配合剤などの治療を受けている。

伊織が由弦の前に背中を向け膝《ひざ》をつき、顔だけで振り返った。

「疲れたんだよ。俺が家までおぶっていくから」

「伊織……」

いくらしんどくても弟に背負われるのは恥ずかしくて、咳を治めるために顎《あご》を引き上げて意識して気管を広げる。子供の時からの付き合いだ。簡単な対処法は知り得ている。

「ありがと。でもいいよ……ゴホッ……ふぅ……心配かけて、ごめんね」

息が整うのを待っていた伊織が安心したように息をつき、そっと由弦の腕を掴《つか》んだ。

「帰ろう、兄さん」

「……」

腕に添えられた手は大きく、そこに伊織の成長が感じられた。

二人で裏参道を歩いて行くと、ゆるりと風が吹き抜けていく。

小さい頃から由弦と伊織は、家へ続くこの道を二人で歩いた。

これまでの時間を想い起こすように、さわさわと風に揺れる木の葉の音を聞きながら紙垂が巻かれている御神木のそばまでくると、由弦は足を止めた。

空へ向かって伸びる大木の自然豊かな香りが大好きで、大きく深呼吸する。

「そう言えば昔……御神木の枝が折れたことがあったんだ」

御神木を見上げたまま無意識のうちにつぶやくと、伊織が目をまたたかせた。

「えっ、どうして折れたの？」

「嵐の強風で。僕が五歳の時だった。その時、不思議なことがあって……。それをきっかけにこの御神木をずっと大切に守っていきたいって思うようになったんだ。まだ悩むこともあるけど、御神木の前に立つと迷いも吹き飛ぶっていうか……」

隣を見て微笑むと、伊織も先ほどの由弦と同じように視線を御神木に向けたまま言う。

「わかるよ。俺も御神木を見ていると、悩んでいることを忘れてしまう」

「伊織、悩みがあるの？」

友人が多く、勉強もでき、誰とでもすぐに打ち解け、健康でスポーツもできて周囲から頼りにされる伊織は、由弦の自慢の弟だ。そんな伊織にも悩みがあるのか。

思わず尋ねた由弦に、伊織が「うん、そりゃあ、あるよ」と小さく笑った。

「そっか、僕から見たらパーフェクトなのに。僕にできることなら力になるからね。僕はずっと伊織のそばにいるから」

元気づけるように弾む口調で告げたが、反して伊織は肩をすくませて苦笑いをこぼした。

「……いくら兄弟でも、いつまでも一緒というわけにはいかないよ」

ぽつりと返ってきた言葉に、由弦は目を見開く。

それは当たり前のことなのかもしれない。それでも、子供の頃から由弦のそばにはいつも伊織がいて、伊織のそばには由弦がいた。二人は仲のよい兄弟だった。今でも由弦にとって伊織は頼りになる大切な弟で、この先もずっと助け合っていけるものだと思い込んでいた。

「そんなに驚かないでよ。この神社の宮司を継ぐのは兄さんでしょ？　俺は叔父さんたちのように会社員になろうと思っている」

叔父というのは、宮司をしている父の弟のことだ。父には弟が二人いて、それぞれ会社員で、結婚して神社の近くに住んでいる。それでも叔父たちは神社と縁がなくなったというわけではなく、二人共、神職の免状を持っているので、多忙な例祭《れいさい》の時期や会社が休みの日は神社へ手伝いに来てくれている。

免状がないと祈願《きがん》ができないので、由弦と伊織も神道《しんとう》科のある大学に通って神道の思想や歴史、教養などを学んでいる。由弦が県内の大学の三年生で伊織は県外の大学の一年生だ。

「伊織……」

「俺も叔父さんたちのように、宮司になった兄さんの手伝いをするつもり。だけど今のように頻繁には会えなくなる。そう遠くない将来のことだよ」

自分より背が高くなった弟を見上げて、由弦は戸惑った。

今までこんなにはっきりと、神社の跡継ぎは由弦だと言われたことはなかった。いずれきちんと話し合わないといけないと思ってはいたけれど、まだ先でいいかと思っていた。

由弦は神社の守り神と出会った五歳の時から、この神社を継ぎたいと思ってきた。その気持ちは今でも変わっていない。

しかし成長するにつれ、伊織の方がふさわしいと、病弱な自分にその資格はないのではと考えるようにもなっていた。

（僕が健康なら、胸を張って跡を継ぎたいって言えたかな……）

五歳の頃から抱き続けたその夢を、口にしたことはない。なぜなら、父に代わってこの神社を継ぐ自信がまだないからだ。

何度も想い悩んできた由弦は、息を吸って口を開く。

「伊織、僕はまだ、将来のことを明確に考えられてないんだ。でも、この神社を継ぐのは僕より……」

その言葉を遮《さえぎ》るように、凛《りん》とした伊織の声が響く。

「兄さんは、継ぎたいと思っているんでしょ？　青元神社の跡継ぎは長男の兄さんがいいと俺は思う」

「ちょっと待って。伊織は？　神社を継ぐのが嫌なの？」

声を低めて問うと、伊織は苦笑しながら首を左右に振った。

「もちろん嫌じゃないよ。俺だってこの神社で生まれ育ったし、大切に思っている。でも、やっぱり兄さんが継ぐべきだと思う。もし兄さんが嫌だって言うなら……」

ふいに足音がして、伊織が言葉を切って階段を振り返った。由弦もそちらに顔を向ける。

階段を上ってきたのは、神社の近くにある商店街で小さな古書店を開いている久保《くぼ》だった。

六十歳くらいの久保は大柄で、いつも不機嫌そうな表情をしている。

小さい時に守り神の白狐に会ったことを無邪気に話したら、それは伝承にすぎない、嘘をつくなと怒られた。それまで肉親以外の大人に怒られたことがなく、さらに嘘つき呼ばわりされたのが子供心にショックで、情けないことにいまだに久保への苦手意識が払拭《ふっしょく》できずにいる。

「あ……」

由弦は挨拶《あいさつ》をしようとしたが、眉間に縦皺を刻んだ久保の難しい顔を見て緊張してしまい、声が出なくなった。

久保の鋭い眼差しが向けられると、怖くてうつむいてしまう。どうしようと心の中で焦る由弦を救ったのは、伊織の明るい声だった。

「久保さん、お久しぶり。お元気そうで何よりです」

笑顔で頭を下げる伊織を見て、久保が眉を上げて軽く咳払いをした。

「伊織君か。それから由弦君も。久しぶりだな。伊織君は確か県外の大学に在学中だったはずだが」

「冬休みでこっちへ戻ってきているんです。また久保さんの書店にも寄らせてもらいます。たくさん面白い本があるので」

「――いつでも読みにおいで」

伊織の言葉に気をよくした久保は口角を上げて微笑むと、片手を挙げ拝殿《はいでん》の方へ歩いて行く。

その後ろ姿を見送って、由弦は肩を落とした。

「どうしたの、兄さん」

「伊織はすごいなと思って。堂々と久保さんに話しかけられて」

誰とでも明るく接する伊織の外向性が、由弦は心底うらやましかった。

「すごくないよ。挨拶しただけ……あっ、父さん」

伊織が大きく手を振ると、階段を上がってきた装束姿の父がこちらに小さく手を振り返した。

「伊織、由弦、二人共、御神木の前で何をしているんだ？」

父の何気ない問いに、伊織が大げさに肩をすくめた。

「ただ見ているだけだよ。掃除が終わったから」

「僕たち、御神木を見ていると安心するんだ」

由弦は改めて御神木の立派な太い幹と広がる枝を見上げた。

「そうか。由弦も伊織も御神木を大切に思ってくれているのか。お前たちも藤波家の血を継いでいるんだな」

父が手を伸ばし、由弦と伊織の頭を撫《な》でようとする。

「父さん、子供扱いはやめてよ」

照れた伊織の文句に、父は手を引っ込め、うれしそうに顎をさすった。

「お前たちも大きくなった」

目を細めて息子たちを見つめた父は、御神木に向き直ると、流れるような所作で二拝二拍手一拝した。いつもながら凛として美しい父の所作に、由弦と伊織は見入ってしまう。

「さてと、この後、お前たちに社務所の手伝いを……おい由弦、顔色が悪いぞ」

眉根を寄せた父に、伊織が同意するように頷《うなず》いた。

「兄さん、ちょっと疲れたみたい。これから家に帰るところなんだ」

「そうだな、少し休んだ方がいい。わたしは夕拝の後、社務所に寄ってくる。伊織も一緒に来て手伝ってくれるか」

父に頼まれ、伊織は困ったように目尻を下げた。

「うん、でも先に兄さんを送ってから……」

「僕なら大丈夫だよ。家はすぐそこだし。それじゃあ、先に帰っておくね」

「そう？　気を付けてね」

伊織と父は心配気な眼差しを由弦に向け、踵《きびす》を返して本殿の方へ向かう。雪駄《せった》を踏みしめる足音と、小声で何やら話している二人の楽しそうな声が、由弦の耳に切なく響いた。

裏参道の奥にある家へ戻ると、母の香苗《かなえ》がテーブルに夕食を並べていた。

「ただいま、母さん」

母が小さく微笑んで由弦を見つめる。

「お帰りなさい、由弦。夕食まで時間があるから、果物でも食べる？」

「ううん、僕は部屋で……ごほっ、ごほ」

「大丈夫なの？」

母が由弦の額にそっと手を置き、顔を近づけた。

「熱があるわ。もう、どうして早く言わないの」

「ごめん……」

「病院へ行く？　藤原《ふじわら》先生のところでお薬を……」

大通りにある藤原内科が、由弦のかかりつけの病院だ。

「ううん。薬はまだあるし、部屋でゆっくりしていれば治ると思う」

由弦は二階の自室へ入り、抗炎症吸入ステロイド薬で炎症を抑え、机上の硯《すずり》を見た。

昨夜、少しだけと思いながら、御朱印《ごしゅいん》を書く練習を始めた。そのうち時間を忘れてしまい、夜更かしをしてしまったのが悪かったのだろう。

御朱印や祝詞浄書《のりとじょうしょ》など、宮司に字の美しさは必要不可欠で、由弦は小学校の頃から習字を習っていたため、毛筆で字を書くことが好きだった。

だが、根を詰めたり寝不足になったりしただけで、翌日熱が出てしまう。そんな病弱な自分に、つい深々としたため息が口をつく。

由弦は二階の奥にある父の書斎に足を向けた。この部屋は大きな本棚に様々な書物が並んでおり、書道関係の本もたくさんある。

「書道の本でも読もうかな」

数冊選んだ後、黒檀《こくたん》の机の横に置かれた大きな金屏風《きんびょうぶ》の前に正座する。

その屏風には、のちにこの村の守り神となった野狐と人間が描かれている。青元神社の歴史を描いたもので、同じ種類のものが本殿にも置かれている。

この絵を見ていると、五歳の時に白狐の神様と会った自分の思い出と重なるので、由弦は屏風を見るのが好きだった。

十六年も経って神様の顔や名前は忘れているけれど、あの時のことはずっと覚えていて、御神木同様、屏風の神様に語りかけることを心のよりどころにしてきた。

「神様……宮司になってこの神社を守りたいと思っていたけど……やっぱり、病弱な僕には難しいみたいです」

声に出すと、苦しいほどの切なさが込み上げてきて、膝の上の手を握りしめる。

宮司は信仰心の他に、神社を運営していく才覚が必要だ。素質や能力、すべてにおいて伊織の方が勝っている。跡を継ぎたいという気持ちだけでは、どうにもならない。

「どう考えても、伊織の方が神社の後継にふさわしい。だから僕は諦めないと……」

屏風の野狐を見つめてひとりごちたその言葉は、部屋の静寂の中に溶けていく。

父が祖父から受け継いだように、いつか自分がこの神社を引き継げるように頑張るのだと密かに思ってきたが、会社員をしている叔父たちが、歳旦祭《さいたんさい》や元始祭《げんしさい》、祈年祭《きねんさい》や紀元祭《きげんさい》などの神事の時に父を手伝うように、自分も宮司となった伊織の手助けをしていく方が神社のためだろう。

「由弦、父さんと伊織は遅くなるみたいだから、先に夕食を済ませてお風呂に入って休んだら？」

母に声をかけられ、書斎を後にする。食事の後あたたかい風呂に入り、早々に自室のベッドに横になった。

由弦の部屋の隣が、伊織の部屋だ。

「伊織、お休み……」

気配のない静かな隣室に意識が集中し、その夜はなかなか寝つくことができなかった。

＊＊＊＊

翌朝、透明な冬の日の光で目を覚ました由弦は、寒さに両腕を擦りながら、パジャマから私服に着替えた。

(今朝は咳が出ない。よかった)

居間に行くと暖房が入ってあたたかく、パーカーにジーンズというラフな服装で、父の隣に座ってスマホを見ていた伊織が、由弦に微笑みかけた。

「おはよう、兄さん。体調はどう？」

「うん、すっかり元気……」

母がそばにきて、由弦の額に手を当てた。

「熱も下がったようだし、よかったわ。伊織はスマホを見るの、後でいいでしょ。さあ朝食を食べて」

母は県外の大学に通うためにアパート暮らしをしている伊織が、冬休みに入って戻ってきたことがうれしくて仕方がないのだろう。今朝の朝食も、出汁《だし》巻き卵とピーマンの焼き浸し、鮭《さけ》の塩焼きとわかめの味噌《みそ》汁といった和食好きな伊織の好物がテーブルに並んでいる。

「俺の好きなメニューがたくさん。美味《おい》しいよ、母さん」

伊織の言葉に、母は「たくさん食べてね」と弾んだ声を出し、新聞から顔を上げた父も口角を上げてはしゃぐ母を見つめた。

青元神社近くの商店街に店を構える和菓子屋の娘だった母は父と小学生からの幼馴染で、息子の由弦たちから見てもとても夫婦仲がいい。

出汁巻き卵を咀嚼《そしゃく》した由弦は、ふいに御神木のことを思い出した。

「そうだ父さん、御神木の紙垂、そろそろ替え時だね。少しくたびれてたよ」

「そう言われれば……兄さん、よく見てるね」

伊織が食事の手を止め、父の方を向いて明るい声を出す。

「ね、父さん。よく気が付くし、やっぱり兄さんが神社の後継にふさわしいんじゃないかな」

父は母が淹《い》れた熱い茶で喉を潤すと、細く息をついた。

「そうかもしれない。ただ、わたしから跡継ぎについて、お前たちに無理強《じ》いはしないと決めている。それは前宮司の父から……由弦と伊織にとってはおじいさんに当たるが、子供の気持ちを大切にしろと、何度も言われてきたからだ」

「おじいちゃんが、そんなことを？」

由弦と伊織は同時につぶやいた。

二人が高校生の時に亡くなった祖父の忍《しのぶ》は普段は優しかったが、宮司の仕事に関しては、自分にも他人にもとても厳しい人だった。

「俺、御神木に登ろうとして、おじいちゃんに見つかって思いっきりお尻を叩《たた》かれたよ」

「伊織、御神木に登ろうとしたことがあるのか？　そりゃあ、叱られて当然だ」

眉根を寄せた父に、伊織はあわてて顔の前で手を振った。

「子供の頃だよ。それに所作を覚える時も叱られてばかりで、俺にはおじいちゃん、すごく怖かったんだ。でも、兄さんには優しかったよね」

伊織の言葉に、由弦は目をまたたかせて箸《はし》を置いた。

「そうだった？　習字の練習をよく見てくれたけれど、僕にも厳しかったよ」

由弦と伊織は二人で習字教室へ通い、家でも祖父が練習に付き合ってくれたが、その指導は厳しいものだった。

父がなつかしそうに視線を上げた。

「父はわたしにも厳しかった。そんな父が、弟さんの話をする時は別人のような表情をしていたな」

「おじいちゃんに弟がいたの？　僕、会ったことないけど」

「俺も。初めて聞いた」

きょとんと顔を見合わせた由弦と伊織に、茶をすすりながら父がゆっくりと頷く。

「とても優秀な弟さんだったらしい。確か名前を八雲《やくも》といって、体が弱かったが聡明《そうめい》で優しい人だったそうだ。父は、神社の跡継ぎは自分よりも八雲さんの方がふさわしいと思っていたらしい。だが八雲さんは若いうちに……その……亡くなってしまい、父が跡を継いだ。だからこそ頑張って青元神社を守ろうと、仕事に関しては厳しかったんだろうな」

「八雲さんはどうして亡くなったの？　病気で？」

伊織が訊《き》くと、父は首を横に振った。

「八雲さんは体が弱かったが、亡くなったのは事故だったそうだ。いや、亡くなったと決めつけるのは違うな。大雨の日に神社の様子を見に行って、行方不明になってしまったらしい。家族や警察があらゆる手段を講じて事件と事故の両方で捜査したが、見つからないまま五十年以上が経ってしまっている。当時、八雲さんはまだ十九歳だったのに」

由弦は思わぬ事実に放心状態で右手を口元へ持っていった。

（――十九って、今の伊織と同じ年だ）

もしも伊織が八雲のように突然行方不明になってしまったらと考えて、体が小さく震えた。祖父はどれほどショックだっただろう。

父は口のはしを引き締めながら、息子たちを見つめた。

「由弦、伊織……二人共、青元神社の由来は、知っているだろう？」

二人は無言で首肯《しゅこう》する。

千年の歴史を誇る青元神社は、祖父から父へと脈々と受け継がれてきた。

現在の直系の子供は由弦と伊織の他に、父の二人の弟の子供――中学生の女の子が二人と、小学生の男の子が二人いる。しかし、神社を継ぐのは宮司である父の息子、由弦か伊織だと言われている。

「わたしは由弦にも伊織にも、跡継ぎを強要する気はない。神職は特別な仕事だ。焦らずよく考えてほしい。もし、どうしても継ぎたくなければ、お前たちの子供に継いでもらってもいいと思っている。それまでわたしが頑張るから」

父の目つきは優しいが、毅然《きぜん》とした口調に、由弦はきゅっと唇を引き結んだ。

由弦自身、青元神社のことは好きだが、どう考えても伊織の方が跡継ぎに向いている。そのことをいつか父に話そうと思いながら、はっきり言えないできた。

（大学を卒業するまでに伝えればいいと思ってたけど、家族そろって神社の話になっている今、言った方がいいのかな……）

由弦は迷いながら口を開く。

「えっと、跡継ぎのことだけど……」

「由弦、あわてることはないよ。話はいつでもできるから」

きっぱりと言い切った父に、どこかほっとしたような気持ちになる。やはり由弦自身、まだ諦めきれていないのだろう。

「蜂蜜入りの紅茶を淹れたわ。体があたたまるわよ」

母が紅茶のティーカップをテーブルの上に置いた。

由弦は紅茶に蜂蜜を入れるのが大好きで、疲れた時や体力が落ちた時に飲むと口の中に広がる優しい甘味が体を癒やしてくれるので、好んで飲んでいる。

「美味しい……ごほっ、ごほっ」

「由弦、大丈夫？」

「うん、急いで飲んだから……だいじょ……ごほっ」

「兄さん――」

伊織が背中をさすってくれる。父も母も窺《うかが》うような瞳を由弦に向けている。

由弦は心配をかけてばかりの家族にすまない気持ちでいっぱいになった。

いつもこんなに咳込むことはないのに、風邪のせいで体力が落ちているのだろう。昨日もあまり寝つきがよくなくて寝不足気味だ。

無理ができない体なのにと反省し、家族の心配そうな空気を払拭すべく、明るく言う。

「少し寝不足だから、今日は部屋でゆっくり過ごすよ」

由弦の申し出に、父と母、伊織は口々に「それがいい」と休むことを後押ししてくれた。

社務所の手伝いができないことには気が引けるが、自室へ戻った由弦は布団をかぶって目を閉じた。

嘆息を漏らしてゆっくり目を開け、見慣れた天井を見上げながら、父の話を思い出す。

厳しかった祖父は、行方不明になった弟を想って仕事を頑張ってきたのだと初めて聞いた。どれほどの気持ちでこの青元神社を継いだのだろうか。現宮司の父だって、口にしないだけで、いろいろ苦労をしただろう。藤波家に生まれ、青元神社の後継と呼ばれる自分と伊織の責任の重さを痛感する。

（それなのに、僕はみんなに心配をかけてばかりだ）

体調不良ばかり起こす自分に、気持ちが落ち込んだ。

どうにか体調を整える方法はないのだろうか。

強い抗炎症作用がある吸入ステロイド薬と気管支を拡張する薬を併用し、喘息の症状緩和《かんわ》や予防を続けてきたのに、二十一歳になった今も人並みの生活を送ることが難しい。

目を閉じ、いつの間にかうとうとしていた由弦は、窓を叩く水音で目を覚ました。

「ん……雨？」

起き上がって、目を擦りながら階段を下りて居間に入る。

「――母さん？　あれ？」

誰もいない居間を見渡すと、テーブルの上に『駅前のスーパーまで買い物へ行ってきます』と母のメモが置いてある。

ポケットに入れているスマホで時間を確認すると、もう昼前だった。

「あ、伊織から――」

スマホに伊織からメッセージが入っていた。

【体調はどう？　俺は父さんと社務所で事務の整理をしてくる】

メッセージは二時間ほど前に届いている。由弦はあわてて返事を打つ。

【今起きたところ。体調がいいから、手伝いに行くよ】

すぐに伊織から返事がきた。

【起きたの？　こっちは父さんがいるし、大丈夫だよ。雨が降ってるし、家でゆっくりしてよ】

【わかった。ごめんね】

せっかくの休みを利用して帰省している伊織に任せっきりなのは気が引けたが、ここで無理をしたら昨日の二の舞だ。これ以上、家族に心配をかけたくない。

由弦はスマホを置いて、冷蔵庫からペットボトルの烏龍《ウーロン》茶を取り出してコップに注ぐ。

深呼吸すると、喉の奥から、ぜぃ、ぜぃ、ひゅう、ひゅう、と喘鳴《ぜんめい》が聞こえてきて、慎重に烏龍茶を飲み干した。

（手伝うこともできないなんて……。僕が……伊織みたいに健康だったら、少しは役に立てるのに）

嫉妬ではないが、どうしても自由に行動できる弟をうらやましいと思ってしまう。

窓から外を見ると曇天《どんてん》が広がり、絹糸のように細い雨が窓ガラスに当たって滴《したた》っている。

「ちょっと寒いな。風邪をぶり返さないように気を付けないと。あれ？」

鳥居の上の方、雨が落ちる灰色の空が、ひとところだけ明るく光っている。

「なんだろう？」

季節はずれの雷の前兆だろうか。あのあたりは高い木が多い。万が一落ちたら火事の恐れもある。何より、付近に参拝者がいたら大変だ。

由弦はコートを羽織ると、傘をさして家を出た。

ぽつぽつと雨が傘を叩く音を聞きながら、由弦は裏参道の端を鳥居の方へ足早に歩いて行く。

御神木の前を過ぎ、拝殿の横を通り、手水《ちょうず》舎《や》の前を過ぎて鳥居まで来た。心配した参拝者はいない。

あいにくの雨だが、神社は高台にあるので、青元村がそれなりに見渡せる。

山に囲まれた青元村を東西に走っているのが国道とＪＲの線路で、小学校や中学校、病院や工場、駅前の商店街のアーケードも雨でくすんで見える。

曇天の中、やはり鳥居の上だけが光っていた。

「どうしてあそこだけ……あっ」

ふいに空が周囲の風景と共にぐにゃりと曲がるのを見て、思わず息を呑《の》んだ。

小さな光が次第に渦のような大きな束になって、そのあまりの眩しさに目を細めて後ずさる。

「え、な、何？」

足元の砂利《じゃり》が音を立てた刹那、体が突如空へ向かって引っ張られた。

「うわっ！　た、たすけ……っ」

助けを求めようとするが、視界すべてが真っ白に染まり、意識が遠のいてしまう。

「い、伊織、父さん、母さん……！」

かすれた叫びが空気に溶け、由弦の体が広大な光に包まれた。

2

どのくらい時間が経ったのかわからない。閉じた瞼《まぶた》の裏に明るさを感じ、ゆっくりと目を開く。

「――あれ？　え？」

木漏れ日が眩しい草地の茂みで、由弦は横になっていた。

今は冬のはずなのに、冷たさを感じない心地よい風が吹き抜け、さわさわと周囲の木々を揺らしている。

由弦はゆっくりと立ち上がると、日差しが差し込む自然豊かな森を見渡した。

「こ、ここは――？」

目の前に広がる広大な自然をぼんやりと見つめる。

「何が起こったんだろう。ここ、どこ？」

神社の近くに、こんな場所があっただろうか。周囲を見ても神社の鳥居や本殿は見えない。

「神社から離れた場所？　でも、さっきまで鳥居のそばにいたはず……」

気持ちを落ち着かせるため、ひとまず大きく息を吸い込むと、澄んだ空気が肺いっぱいに広がった。

清々しい空気が少しだけ動揺を消してくれた。

ゆっくりと呼吸をしながら、改めて周りに目を向ける。

やはり見慣れた神社の風景とは違う。もしかして急な目眩《めまい》を起こして倒れてしまったのだろうか。

そんな由弦を見つけた親切な人がここまで運んでくれた？

（でも、青元村にこんな森あったかな……？）

何より、気を失う前に見た光の束はなんだったのだろう。

由弦は両手を口に当て、大きな声を出す。

「だ、誰かいませんか？　誰か――」

しかし、静まり返った森林には人の姿は見えない。

いつまでもここにいても仕方がない。由弦は草地を歩いて森の出口を探す。あたりにはシンと冷えた森の匂いが漂っていた。

しばらく行くと、大きな楠《くすのき》やツツジ、モクセイなどの木の向こうに緑色の山々が聳《そび》えている。

空気も景色も美しい森の中を抜けると、小高い丘に出た。

眩《まばゆ》い日の光に手をかざした由弦は、そこから見える風景に驚いた。

ビルや道路、電柱などが全く見えず、色とりどりの花が咲き、その向こうには純和風の大きな神殿が建っていた。

日差しを受けて荘厳《そうごん》に輝く神殿を見つめて、ここは自分が住んでいる青元村ではないと確信する。

二十一年間生活しているが、村内であんな立派な建物は見たことがない。

「ど、どうなっているの。ここはどこ？　なんで僕はこんなところに……」

動転しながら左右を見渡した。どこへ向かえばいいのかわからず呆然《ぼうぜん》と立ち尽くしていると、木々の葉が揺れる音が聞こえ、背後の草むらがガサッと音を立てた。

「うわっ」

びっくりして体を跳ね上げながら振り返ると、七、八歳くらいの子供が草むらから姿を現した。

その子供は山吹《やまぶき》色の単衣《ひとえ》に黄緑色の袴《はかま》姿で、よく見ると、緋色の髪と目の色をしていた。

宮司の息子として神職の服装は見慣れているが、由弦が驚いたのは髪や瞳の色より、その子供の頭部に兎《うさぎ》の耳のような真っ白で長い獣耳がついていたからだ。

唖然《あぜん》と目を見張ると、その子供も由弦を見つめ、目を丸くする。

「ひ……」

数秒後、よくわからない呻《うめ》き声とも悲鳴ともつかないものが子供の唇からこぼれ、白く長い獣耳が警戒するようにピクピクと震え出した。

「そ、その耳は本物……？　飾りじゃなくて？」

おそるおそる指をさした途端、子供が怯《おび》えたように後ずさった。

「や、やだ……っ」

「え？」

よく見ると、子供の顔色が悪い。心配になり手を伸ばそうとすると、子供がびくっと肩を波打たせ、ぎゅっと力いっぱい目をつぶった。

「さ、触るな！　ま、魔物が！　どこから入ってきた！」

「えっ、魔物？」

「さっさと、どこかへ……いたっ」

叫んでいるうちにさらに興奮してしまったようで、子供は足元の小石につまずき、ぽてっと尻もちをついた。

怪我はないかそばに行って確かめたかったが、子供が近づかないでとうわ言のように繰り返しているので、その場から動かず、できるだけ穏やかな声音で尋ねた。

「大丈夫？　僕、何もしないよ。知らないうちにここへ来てしまったんだ。ここはどこ？」

「ここは蓮様の庭園！　早く出て行け！」

子供は震えながらも由弦を睨《にら》んでいる。

（『蓮様』？）

どこか聞き覚えのある名前に一瞬意識を奪われたが、考えごとをしている場合ではない。

「で、でも僕、どうやって帰ればいいのかわからないんだ。知らないうちに、ここへ来ていて……」

「嘘ばっかり！」

子供が小石を拾ってこちらへ投げつけた。

「……っ」

当てようと思っていなかったのだろう。かなり外れたところを飛んで行った。

「お前、真っ黒だ！」

指を突きつけられて、由弦は戸惑いながら自分の頭を手で押さえる。

「真っ黒って何が？　髪のこと？　黒髪は普通だと思うけど……」

むしろ、燃えるような赤色の髪の方が珍しいと思う。

「違うよ、気が黒なの！　魔物でしょ？　勝手に入ってきて……兄さまに言いつけてやるから！」

立ち上がり踵を返した子供だが、地面がぬかるんでいたのか、つるりと足を滑らせた。

勢いがついていたので、そのまま草地の斜面をコロコロと転がり落ちてしまう。

「危ない！」

由弦はあわてて後を追う。先ほど見渡した時、この丘の下には池があった。落ちたら大変だと気が急《せ》いたが、ぽちゃんと音がして、湖面をばしゃばしゃと叩くような激しい音がした。見れば、子供が懸命に手をばたつかせている。

「た、たすけて……っ、ボク、泳げな……っ」

「今助けるよ！」

由弦の体調は本調子ではない。そんな状態で水に入るなんて無謀だと思うが、それでも目の前で溺《おぼ》れている子供を放っておけない。

由弦は地面を蹴るようにして、池へ飛び込んだ。

「たすけ……て……っ」

思っていたより水温は低くない。ばしゃばしゃと水しぶきを上げる子供へと近づいて行く。

「手を伸ばして。もう少し――」

あと少しというところで、突然、子供からゆらりと白煙が立ち上った。

瞠目《どうもく》している一瞬のうちに、子供の体が縮んで小さな白兎へと姿を変えた。

「なっ……？」

力尽きたように、白兎が水面下へと沈んでいく。

何が起こったのか脳が処理しきれていないけれど、考えるより先に体が動いて、急いで息を大きく吸い、体を屈《かが》めた。

（――いた！）

意識をなくしたのだろう。小さく丸まったまま、水の中に沈んでいく白兎を懸命に両手で抱き上げ、水面へ浮上する。

「はぁっ、はぁっ」

そのまま泳いだ由弦は、池の縁に手をかけ、重い体を水から出して倒れ込むように草地へ這《は》い上がった。

白兎を両手で抱き上げる。呼吸はしているが、目をぎゅっと閉じたまま丸くなり、ガタガタと小刻みに震えていた。

「しっかりして！　大丈夫？」

背中をさすってみるが、動かない。白兎の呼吸を確かめようと顔を近づけると、どこからか小石が飛んできて、ぽちゃんと池に落ちた。

「コハルッ！　貴様、コハルに何をしている！」

鋭い声に顔を上げると、赤毛をひとつに束ねた、山吹色の着物姿の少年がこちらへ駆けてきている。十四、五歳くらいだろうか。驚いたことに、彼も白く長い獣耳を生やしている。

（あの耳、飾りじゃないみたいだ。この子は兎になっちゃったし、僕、夢でも見ているの？）

両手で小さな白兎を抱きながら、由弦は目を見張る。

「コハルに何をした！　どうやって蓮様の庭園に入り込んだ！　言え！　言わないと――」

叫びながら目の前に短剣を突きつけられ、小さく息を呑んだ。

「あ、危ないよ。それよりこの子が動かないんだ。早く手当てをしないと」

由弦の話を聞かず、いきなり少年が短剣を持つ手を振り上げた。刃先が太陽の光を反射する。

「や、やめ……っ」

咄嗟《とっさ》のことに身動きが取れずにいると、ざざざっと音を立てて風が吹き抜けた。

頬を撫でた風が、かすかに新緑の香りを乗せている。それは神社の御神木の匂いに似ていた。

「――やめなさい、遠心《えんしん》」

凛とした声が響き、由弦は少年の背後にいる男性を振り仰いだ。

（誰……？）

少年を止めてくれたのは、すらりとした体躯《たいく》の男性だった。

彼の頭上にも、三角形の獣耳が見えるが、少年たちのものとは形が異なっている。

彼が着ているのは鮮やかな紫色の袍という装束だ。神社の祭事や神事で父や祖父が着ているし、由弦も数回、着用したことがある。だが長身の彼が着ると袍そのものが別の衣服のようで、金色の指貫を合わせている姿は、厳《おごそ》かで鮮麗《せんれい》そのものだった。

（この人……どこかで、会ったことがあるような……気がする）

日差しが邪魔をして男性の顔はよく見えないが、不思議となつかしいような、回顧《かいこ》するような感覚に襲われた。

「蓮様、この魔物がコハルを！」

「落ち着きなさい」

男性の声はぴしりと空気を切り、一瞬にして少年の興奮を削《そ》ぐ。そのまま少年の横を抜け、ゆっくりと由弦に近づき、腰を落とした。

寄せられた顔は、ぞっとするほど美しかった。

「あ、の……僕は……この子を……」

「コハル！」

少年があわてて駆け寄り、由弦の腕の中の白兎を覗《のぞ》き込んだ。

「大丈夫だ。コハルを私の前に」

片膝をつき、彼は耳に心地よい声で由弦に短く命じた。

「は、はい」

言われた通りにすると、彼は両手を白兎にかざし、小声で呪文のようなものを唱える。その直後、彼の手から陽光よりも明るい光が迸《ほとばし》り、眩い光に包まれた白兎が人型へと変化した。

「コハル！」

少年が叫びながら人型に戻った子供を抱きしめる。ぴくりと子供の獣耳が動き、目が開いた。

「ん……兄さま？　ボクは？」

コハルは少年の腕の中で記憶を辿《たど》っているようだ。その頭を美しい彼が優しく撫でた。

「あ……蓮様」

「そなたは池に落ちた衝撃で体力と霊力が底をつき、人型を取れなくなった。私が霊力を送ったからもう大丈夫だ。遠心、あたたかくして、休ませてあげなさい」

「蓮様、ありがとうございます」

遠心と呼ばれた少年がコハルを腕に抱いたまま頭を下げると、彼が静かに言う。

「遠心、水の中で溺れかけたコハルを助けたのは、彼だよ」

視線で由弦を示す彼に、遠心は信じられないという表情で口をあんぐりと開けた。

「まさか！　コハルを襲っていたように見えたのに。彼は魔物でしょう？」

「彼は魔物ではない。人間だよ」

「人間？　しかしこの者は邪気を纏っています。魔物のような漆黒の邪気です」

「私は違うと言ったんだよ、遠心」

窘《たしな》めるような口調で言われた少年は、それでも眉根を寄せて睨むような眼差しを由弦に向ける。

「あ、の……」

同じように袍の彼の視線も由弦に向けられた。

その澄んだ青色の双眸《そうぼう》は、陽だまりのような光を湛《たた》えて吸い込まれそうに美しい。

やはり彼にはなつかしい何かを感じてしまう。

「ぼ、僕は……、僕、は……」

懸命に喉を振り絞るが、コハルが助かった安堵からか、全身の力が抜け、よろめくように土の地面に手をついた。水に濡《ぬ》れた体が寒さに凍え、ぜいぜいと呼吸音が大きくなっていく。

脱力した腕では体を支えきれず、そのまま傾ぐように倒れ込んだ。

地面に体を打ちつける衝撃を感じなかったのは、大きな手で包み込まれたからだ。

（この腕の感触を、僕は知っている……）

由弦の意識はそこで途切れた。

＊＊＊＊

ふわりと漂う新緑の匂い。艶《あで》やかな銀色の髪と青空を彷彿させる瑠璃《るり》色の瞳。

『由弦、そなたに困ったことがあったら私が助けに来よう』

嵐の翌日に出会った神様は、そう約束してくれた。

あたたかな大きな手。穏やかな微笑。

五歳の由弦を魅了した美しい狐の神様——。

「——やはり、人の子はあっという間に大きくなる」

低い囁きにうっすらと目を開けると、整いすぎた顔が由弦を見下ろしていた。

その顔が御神木のそばで出会った美しい神様のものと重なり、由弦は目をまたたかせた。

「あ……、あの時の――神様ですか？」

「思い出してくれたか」

優しく笑む蓮の澄んだ青色の双眸を、由弦は改めて見つめた。ずっと大切にしていた記憶が頭の中でよみがえる。

（やっぱり、あれは夢じゃなかったんだ）

大きな御神木のそばで出会った白狐も、目の前で人の姿になった見目麗しい神様も、時間の経過と共に記憶の中で埋もれてしまっていたが、あの時の感動は決して忘れることなく、胸に刻まれていた。

由弦が心のよりどころとして、野狐と人間の絵を見て語りかけてきた、あの神様が、目の前にいるのだ。

「大きくなったな、由弦」

（あの時の神様。そうだ、名前は蓮様）

ようやく記憶が繋《つな》がったところで、かすかな風が頬を撫でた。

「……こ、ここは？」

視線だけ周囲に走らせると、和風の室内の先に縁側《えんがわ》のような張り出した板敷きの通路があり、その奥に色とりどりの花が咲き乱れた庭が見えた。

どうやら布団に寝かされているようだ。

「ここは私の庭園――そなたたちが住んでいる現世《うつしよ》とは別に存在する神域だ。池の近くで倒れたそなたを私の神殿につれてきた」

空は変わらず群青で日が高いが、あれからどれだけの時間が経ったのだろう。

「……そなたは、本当に似ている」

頭上から落ちてきた声がうまく聞き取れず、蓮の顔を見つめると、彼は目を眇《すが》めるようにした。

「まだ唇の色が悪い」

「あ、大丈夫……はくしゅん」

悪寒にくしゃみをした由弦を見て、蓮の手が額に触れた。蓮が口の中で「――温《おん》共《きょう》胸《きょう》手《しゅ》」と呪文を唱えると、額に置かれた手からあたたかな熱が伝わり、それが徐々に手足の先まで広がっていく。

（これが、神様の不思議な力……。五歳の僕の咳も鎮《しず》めてくれたっけ……）

そこで由弦はハッと我に返った。

「す、すみません！　迷惑をかけてしまって」

あわてて体を起こすと、藍色の着物を身に着けていた。上等な生地は高級織物の結《ゆう》城《き》紬《つむぎ》で、着心地がやわらかい。

「風邪をひくといけないから着替えさせてもらった」

「何から何まですみません……」

「謝ることではない。由弦は池に飛び込みコハルを助けてくれた。ありがとう――そなたは本当に勇敢だった」

蓮の優しい声音に恐縮しながら室内を見渡すと、広い和室の奥は御帳台《みちょうだい》構えになっており、前方に座が設《しつら》えられ、背後には屏風が立ち並び、二階厨子《にかいずし》や二階棚《にかいだな》など、黒檀の調度品が並べられてとても豪奢《ごうしゃ》だった。

開け広げられた障子の向こうは緑が眩しい日本庭園が広がっている。池の水面《みなも》が日差しを反射し、とても美しい。

ここは庭園――。神様が棲まう場所。

到底現実とは思えないが、蓮が言うのだからこの空間も獣の耳の人々も夢ではないのだろう。

「華奈《かな》、彼が着ていた服を持ってきてくれ」

蓮は戸口に控えていた女性に声をかける。小袖に前掛けをつけた彼女にも、茶色のリスのような獣耳があった。胸と腰回りが大きく、艶めいた雰囲気の美しい娘だ。

「はい、蓮様……まあっ」

伏せていた顔を上げた途端、華奈という女性の表情が険しいものに変わる。

「そ、その者は魔物ですか？　漆黒の気を纏っておりまする」

震える声を出す華奈を、蓮は目で制した。

「彼は人間で、名を由弦という。彼の服を持ってくるように」

「は、はい、申し訳ございません」

転がるように回廊を行く華奈の後ろ姿に、由弦は先ほどの遠心の言葉を思い出した。

『魔物のような漆黒の邪気――』

遠心の冷たい視線が脳裏に去来《きょらい》する。由弦を憎んでいるような態度と、怯えるコハルの顔も――。

(僕には、黒くて悪い気がまとわりついている……?)

邪気というのがどんなものかはわからない。なぜそんなものを纏っているのかも。けれど、魔物と言われるからには、悪質なものなのだろう。

「そなたは何も気にしなくてよい」

項垂《うなだ》れる由弦を励ますように、蓮が静かに言う。

「で、でも……」

「この庭園にいる者は皆、霊力を持っているので、由弦が纏っている気配を感じ取っている。人間は皆、同じ黒い気配を纏っているが、それは魔物とは関係がない。この庭園は長い間、人間の出入りがなかった。だから黒い気配に慣れておらず魔物と同一視してしまうのだ」

彼の双眸は慈愛に満ち、その優しい眼差しに、心の奥から安堵が込み上げてきた。

「よ、よかった……何か僕に問題があるのかと思いました」

安心した由弦はかけ布団に向かってへなへなと上体を倒した。

「そなたが優しい男だと私は知っている。悪く考えてはいけない」

あたたかい手のひらを背中に感じ、気持ちがゆっくりと上を向いた。

「落ち着いたようだな」

「はい、蓮様」

小さく微笑むと、彼も笑顔で頷き返してくれる。

「よい笑顔だ。由弦は笑顔が一番似合う」

「あの……気になっていたのですが、蓮様は会わなかった間の僕のことを知ってるのですか？」

「ああ、霊鏡で見ていたから、知っている」

「霊鏡？」

訊き返した直後、華奈が戸口で跪《ひざまず》き、「着替えをお持ちしました」と蓮へ声をかけた。

由弦の方を見ないようにしながら、華奈が入室し、きれいに畳まれた服をそっと置いた。池で濡れた服もズボンも皺ひとつない状態で乾いていた。

「そういえば、あの子たちは……」

「あの子とは？」

「池に落ちたコハルです。大丈夫でしょうか」

怖がらせた自分のせいでもあるが、ずぶ濡れになって震えていたコハルは風邪をひいていないだろうか。

そんな懸念を汲《く》み取るように、蓮がふわりと優しく笑う。

「コハルの身を案じているのか。それなら、霊鏡で今の状態を見せよう。そうすれば由弦も安心できるだろう」

蓮の視線は帳台の奥に飾られた屏風の横に向けられた。そこには繊細な細工が施された黒檀の土台に置かれた、大きな鏡があった。あれが霊鏡なのか。

「これが……？」

「そうだ。霊鏡は霊力を注ぎ、見たい場所を鏡面に映し出す。今は普通の鏡だ」

蓮に促され、布団から出て帳台に上がり、鏡の前に座る。

覗いてみると、通常の鏡と同じように由弦の顔が映った。

いつもより顔色がよく、頬が上気している。そう言えば、目を覚ましてから体のだるさはなく、咳の予兆も全くない。池に飛び込む前まで感じていた不調が嘘のように消えている。

「なんだか僕、とっても体調がいいような……」

「ここの空気は澄んでいる。由弦の体に合うのだろう」

確かに、呼吸が楽だと感じる。空気がスムーズに肺まで送られている感覚だ。それに、気温もちょうどいい。

納得している由弦を見て、蓮がクスリと喉を震わせた。

「由弦は表情がくるくると変わって面白い。なるほど、そういうところも……」

「え？」

徐々に語尾が小さくなった。

どうしたのかと蓮を見ると、由弦を見つめる彼の眼差しがどこか遠くを眺めるように揺れていた。

それは不思議な眼差しだった。目の前の由弦を見ているようで、その奥に別な何かを映し出しているような――。

その時、ふと視線が屏風に吸い寄せられた。

由弦はハッと目を見開く。

「この屏風……」

屏風に描かれていたのは、野狐と人間だった。

「蓮様、この屏風と同じものが、僕の自宅にも飾られています」

この絵に描かれているのは、由弦の遠い先祖と、青元神社に奉られている守り神――。

（その名前は確か……）

蓮白彦命《れんはくひこのみこと》――。

青元村の守り神である蓮だ。

青元村は昔から大きな天災に見舞われず、事件や事故が極端に少ない。それらはすべて守り神のおかげだと感謝している信心深い人が多い。

（全部、蓮様のおかげなんだ）

語り継がれた青元神社の起源は真実だった。蓮は千年もの間、由弦の祖先や里の人たちを守ってくれていた。

しかし、その神の庭園になぜ自分がいるのだろう。

「僕は間違えて、蓮様の庭園に入ってしまったのでしょうか」

おそるおそる問う由弦へ、蓮が和やかな視線を向けた。

「通常であれば結界を張っているので、現世の者は私の庭園内へ入れない。由弦が入ってきたのは、その結界が緩《ゆる》んでいたのだろう。そなたは霊力が強いから結界の緩みが見えてここへ導かれてしまった」

ああ、と由弦は鳥居の上空にあった空間のゆがみを思い出した。

「僕……何も知らずに入ってしまって、ご迷惑をおかけしました」

「結界の緩みは私の落ち度だ。後でそなたを青元神社まで送っていく。安心しなさい」

改めて顔を上げ、優美な蓮の顔を見つめる。彼は安心させるように由弦に微笑みかけ、霊鏡と向き合った。

「コハルの様子を見せよう」

そう言って、すっと右手を宙に掲げる。

「庭園での暮らしはそなたたちとよく似ている。ここには四十人ほどの獣人がいるが、彼らも人間と同じように生活し、この土地で様々な野菜や果物を収穫して食事を摂《と》っている。コハルは料理番をしている両親のそばにいることが多い」

蓮が指を二本立て、空に印を切って呪文を唱えながら「厨房《ちゅうぼう》を映せ」と命じると、鏡面がゆらゆらと揺れた。

じきにかまどや流しが映し出される。板の間や土壁など座り流しのそこは、由弦の自宅とは違う。時代ものの映画で見るような伝統的な造りの場所だった。

そこに兎の獣耳を持つ男性と女性がいて、板間の横の畳の間に置かれた卓《たく》に、コハルと遠心が座っていた。

「——コハルは遠心と食事を摂っているようだ。彼らは兄弟だ」

木匙《きさじ》を手に、コハルが兄の遠心と一緒にぱくぱくと食事をしている。霊鏡から音は聞こえないが、コハルは何やら楽しそうに話していて、顔色もよく、元気そうだ。

「よかった……」

腕の中で震えながら小さく丸まっていた白兎の姿が瞼に焼きついたままだったので、心配だった。

　ほっと息をついていると、回廊を踏み鳴らす足音が聞こえ、大きな声が響いた。

「蓮様！　蓮様！　わたくし大雅《たいが》でございます！　失礼してよろしいでしょうか！　蓮様……っ」

　立ち上がった蓮が襖《ふすま》を開けると、細身で水色の髪と瞳をした男性が転がるように部屋に入ってきた。

　藍色の袍に桑染《くわぞめ》色の袴姿の彼の頭部には白熊のような獣耳が、臀部《でんぶ》には短い尻尾が見える。

「何用だ、大雅。騒々しい」

　蓮が男に低く尋ねる。

「も、申し訳ありません！　先ほどアイツとすれ違いまして、とんでもないことを聞きましたので」

「あいつとは誰のことだ？」

「ほら、アイツでございますよ。ああ、名前を忘れてしまいました！　アイツです！」

　水色の髪の男が両手で胸の形を作り、くねくねと腰と尻尾を大きく振って歩いてみせた。

「——華奈か」

　呆《あき》れたような蓮の声に、男がポンと軽快に手を叩く。

「そう、その華奈から、蓮様のお部屋に人間がいると聞きまして、わたくし執務室から馳せ参じた次第にございます。なぜ人間がこの庭園に……うわあぁぁ」

　部屋の中で正座している由弦を見て、男が目を剝《む》いた。

「なぜこの者がここに!?」

泣き出しそうな顔になった彼が、わなわなと小刻みに肩を震わせ始める。

由弦はぽかんと水色の髪を見つめた。

「な、なんということを！　蓮様、まさか西南西の庭園と戦争を始めるおつもりですか！　どうやって連れてきたのでございますか！　ああっ、なんという大胆なことをなさるのです！」

「大雅、落ち着け。彼は由弦という、現青元神社の宮司の嫡男だ」

「へっ!?」

「結界が緩んで庭園に迷い込んだ。それだけだ」

「な！」

蓮の言葉に我に返った水色の髪の男は、半身を折るようにしてまじまじと由弦を見た。それから平伏して蓮に謝罪する。

「も、申し訳ありません。わたくし取り乱してしまいました。あのお方によく似てらっしゃったので……」

「顔を上げろ、大雅」

「御意にございます」

青ざめた顔の男を見つめ、由弦は小首を傾げた。

（似ている……？）

そう言えば、さっき蓮もそんなようなことを口にしていた気がする。自分は彼らの知り合いに似ているのだろうか。

蓮が小さく咳払いをして、由弦と大雅を互いに紹介する。

「由弦、私の側近で白熊の獣人の大雅だ。大雅、こちらは青元神社の宮司の長男の由弦だ」

「よ、よろしくお願いします、大雅さん」

「――こちらこそ、よろしくお願いいたします、由弦殿」

大雅は先ほどの狼狽《ろうばい》を微塵《みじん》も感じさせない優美な仕草で深々と頭を下げ、「大変お騒がせいたしました」と挨拶すると、静々と部屋を辞した。

嵐のような時間に固まる由弦に、蓮がふっと口元をほころばせる。

「大雅はああ見えて理解が早く、信頼できる男だ。さて――」

蓮がゆっくりと立ち上がった。

「由弦の家族が心配するといけない。そろそろ送っていこう」

「あ……ありがとうございます」

礼を口にしながらも、蓮の申し出に自分が少しがっかりしていることを感じた。

もう少し、ここにいたいと思ったからだ。

神の庭園は空気が澄んでいて、呼吸がしやすく、いつもより体が軽く感じる。蓮が言うように、この空気は由弦の体に合うのだろう。

しかし、ここは人間の来るべき場所ではない。神と彼に仕える者たちが棲む神聖な場所なのだから。

由弦は名残《なごり》惜しい気持ちを封じ込め、「はい」と返事をしたが、残念な気持ちが顔に出ていたのか、蓮が口を開いた。

「――由弦には話しておいた方がいいだろう。今から四百年ほど前、結界のゆがみをこじ開けて、ひとりの人間が侵入してきたことがある」

「えっ、人が……？」

ぱちぱちと目をまたたかせる由弦に、蓮が静かに続ける。

「天狐になった私は、村を守るために青元神社に繋がるこの庭園を造った。霊力を持たない人間には我々の姿が見えないため、結界を張ってこちらとあちらを分けていたが、その人間の男は陰陽師の血を引き、霊力が強かった。その男は庭園に入ると獣人の子供を人質に取り、神殿内で窃盗を始めた。止めようとした従者の中にコハルと遠心の父親もいて、怪我をした。騒ぎを聞きつけて私がその者を捕らえたが……神殿内に住みたいと言い張り、なだめるのに苦労した。その後、二度とこのようなことが起こらないよう、結界が緩まないように五十年ごとに張り直すようになった。その出来事以来、一部の獣人たちが人間の気を魔物と呼ぶようになったのだ」

「四百年前にそんなことが……」

由弦は眉を下げた。

四百年前というと江戸時代だ。こんな平和な神の庭園に急に現れて子供を人質に取り、暴れ回る人間を想像すると、恐ろしさに身ぶるいが起こった。

獣人たちが人間の気配を魔物と呼ぶのも、無理はない。

「ひどい事件があったんですね」

つぶやく由弦に、蓮は小さく頭を振った。

「それでも、彼は私の里人のひとりだった……」

切ない声音に思わず蓮の顔を振り仰ぐと、彼の双眸が揺れていた。蓮が自分の土地の住民を大切に想っていることが伝わってきて、やるせない気持ちが込み上げてくる。

「蓮様……」

神がどれほど全能なのかはわからない。それでも、里人すべてに気を配り土地を安全に保つことは容易《たやす》いことではないのだろう。現に今、由弦も結界のゆがみでここにいる。ただ、青元村が事件も事故もなく平和な状態なのは、間違いなく蓮の加護のおかげだ。

――だからどうか、傷つかないでほしい。

言葉にできない想いが湧《わ》き上がり、由弦は無意識のうちに彼の方へ手を伸ばしていた。

指先が蓮の頬に触れると、彼の青空のような双眸と目が合った。

「ご、ごめんなさい！　神様に気安くさわるなんて」

あわてて謝罪すると、蓮は何度か目をまたたかせ驚きを露《あら》わにしていたが、それでもすぐに微笑を浮かべた。

自分の大胆な行動に冷や汗が浮かんでくるが、どうしてか手を伸ばさずにはいられなかった。

「結界について、そなたに話しておきたかった。それでは、由弦が迷い込んできた丘の上まで行き、そこから結界を抜ける。服は後で届ける。私の手を取りなさい」

「は、はい。蓮様……」

言われて遠慮ぎみに右手を差し出すと、傷ひとつない滑らかな肌に包まれた。

蓮の手は由弦の手をすっぽりと包み込むほど大きかった。

蓮は由弦の手を引きながら神殿を出ると、丘へ向かってゆったりとした歩調で歩いて行く。

やわらかな風と穏やかな日差しに包まれながら丘の上に来ると、蓮が振り返って由弦を見つめ、慈しむような声音で囁いた。

「楽しい時間を過ごせた。由弦、また会おう」

「はい！　また……！　た、楽しみにしています……！」

蓮の唇が呪文を唱えると、結界が緩んで空間が曲がった。

庭園に来た時同様、真っ白な光に包まれて目を開けていることができなくなり、由弦はそのまま意識を失った。

3

「蓮……様……、蓮様……」

蓮を呼ぶ自分の声で目を覚ました由弦は、見慣れた天井を見て、ゆっくりと半身を起こした。

「あれ、家に帰ってる。蓮様は……？」

室内には誰もいない。着物を借りていたはずが、いつの間にか着ていた服になっていた。コートだけが畳まれた状態でベッドの横に置かれている。

神の庭園にいた時は明るかったのに、窓の外は夕焼け空が広がっている。

（もしかして、あれは夢だった？　そんな、まさか……）

焦燥《しょうそう》に駆られながら急いで階段を下りると、母が台所で夕食の支度をしていた。

「母さん、あのっ……」

「あら由弦、起きたの？」

居間では、父が伊織に大麻《おおぬさ》の紙垂の作り方を教えているところだった。

大麻とは白い短冊《たんざく》を結わえたような形状で、祭典や神事で使用する祓《はら》いの具だ。

階下に飛び込んできた由弦を見て、伊織が開口一番に訊いてきた。

「兄さん、体調は？」

「伊織……心配かけて、ごめん……」

家族がいるいつもの日常の風景に、先ほど庭園で過ごした時間はやはり夢だったのかもしれないと、不安になる。

しばらく物思いにふけっていたが、伊織の一言で我に返った。

「どうしたの、大丈夫？」

「あ、……体調はすごくいいんだ。あそこの空気はとてもきれいだったから」

言いながら伊織の隣に座ると、伊織と父が顔を見合わせた。

「あそこって？」

「由弦は部屋で休んでいたんじゃないのか。どこに出かけていたんだ？」

「あ、ううん……ちょっと夢を見て……」

あれが夢だったとは思えないが、父や伊織に話したら混乱させてしまうだろう。

十六年前も、五歳の由弦が興奮ぎみに語った蓮との出会いを、両親は困った顔で聞いていた。

蓮との再会、獣人の住民たち、美しい庭園。

あの素晴らしい出来事を共有できないのは残念だが、信じてもらえるように説明できる自信もない。

「よく寝たせいか由弦の顔色はいいな。よかった。もう少ししたら夕食だから」

それには大きく頷くことができた。

父の言葉通り、肺がすっきり澄んでいるようで、喉に違和感もない。こんな状態は久しぶりだ。

それらはきっと庭園の空気のおかげだ。

奇跡のようなひと時に、感謝の気持ちが湧き上がる。

由弦は蓮の穏やかな笑顔を思い出し、大切な時間を仕舞い込むように胸のあたりをそっと押さえた。

＊＊＊＊

庭園で過ごしたおかげか、しばらくの間、体調を崩すことなく快適に過ごせた。

「あら、由弦君！　最近顔色がいいわねぇ」

「本当だわ。この頃咳込んでないものね」

朝夕と竹箒を持って境内の掃除をしたり、社務所で手伝いをしたり、多忙な父の手伝いを毎日のように行っているうちに、近所の人にも「由弦君が元気になった」と噂《うわさ》されるようになった。

喉が焼けるような咳が出なくなり、健康体で生活できる喜びと充実感を覚えながら過ごした。

しかし、そんな時間はそれほど長くは続かなかった。

庭園から戻って日数が経つにつれ、また喘息の症状に悩まされるようになったのだ。

今日は特に調子が悪く、朝の掃除が終わって帰宅した後、咳が止まらなくなった。

「ごほっ、ごほっ」

「兄さん、大丈夫？」

伊織が背中をさすってくれる。居間では父と母も心配そうにその様子を見守っている。

久しぶりに訪れる症状に、なすすべなく呼吸を乱す。何十年と付き合ってきたことなのに、一週間近く健康に過ごしただけですべてがよくなったと錯覚していた。

またあの庭園の中を歩いたら、少しは体調が回復するだろうか。

緑豊かな自然の景色と一緒に、穏やかな蓮の笑みが眼裏《まなうら》に浮かぶ。

「僕、少し散歩に行ってくる……」

咳が落ち着き一呼吸置いた後、由弦はゆっくり立ち上がった。

玄関でコートを羽織る由弦を見て、伊織が後をついてくる。

「確かに家にいるより、日の光を浴びた方が気分転換になると思う。でもひとりじゃ心配だから、俺も一緒に行くよ」

先に靴を履いた伊織が由弦の手を引っ張るのを見て、居間から顔を出した父が苦笑した。

「全く、お前たちは相変わらず兄弟仲がいいな。伊織、由弦が疲れないように頼むぞ」

「もちろん。そのために俺がついているから大丈夫」

胸を張った伊織は本当にたのもしい。

「それじゃあ、商店街の方へ行ってみる？　重《しげ》乃《の》屋《や》で兄さんの好きなわらび餅を食べようか」

「え、重乃屋のわらび餅？」

由弦の目が輝くのを見て、父が笑顔になった。

「社務所の受付と事務仕事は出仕の中谷《なかたに》さんが入ってくれるから、今日は二人共ゆっくりしなさい。由弦は毎日働いてくれたから、たまの休日だ。くれぐれも無理をしないように気を付けるんだぞ」

「ありがとう、父さん。いってきます」

「それから伊織は今夜から習字の練習をすること。祈願書や御朱印を書けるようにならないと困るからな」

「了解……」

父の苦言に伊織が肩をすくめた。

小さな頃から練習を続けているが、伊織の字はあまり上達していないのだ。以前、伊織がせっかちな性格だからうまくならない、と父が言っていたが実際のところはわからない。

参道の端を通って手水舎で手を清め、拝殿で二拝二拍手一拝してから鳥居をくぐり、階段を下りる。

神社を出て二人は商店街へ向かった。

交差点の信号前から『青元商店街』のアーケードが続いている。夕方頃には買い物の主婦や帰宅中の高校生などで賑《にぎ》わう商店街も、平日の朝は人通りが少ない。

「あっ、久保さんだ」

伊織の声に思わずピクッと肩が揺れる。

久保書店は十畳ほどの店内に古書がずらりと並ぶ、小さな古書店だ。

店の前を箒で掃いていた店主の久保がこちらに気づくと顔を上げた。いつもの不機嫌そうな表情に、由弦の足はすくんでしまう。しかし伊織は気にせず明るく挨拶する。

「おはようございます、久保さん」

「お、おはようございます」

由弦も伊織に負けないよう、できるだけ大きな声で頭を下げた。

「おはよう。本を見ていくか？」

「それじゃあ、少しだけ」

ガラガラと引き戸を開けて中に入る伊織の後に由弦も続いた。日差しがほとんど当たらない店内に棚がぐるりと並べられ、その中にびっしりと文庫本や単行本が詰まっている。

伊織は好きな鉄道関係の本を読み始めた。

順に本の背表紙を眺めていた由弦の背後から、久保が声をかけてきた。

「由弦君、最近、頑張っているようだな。毎日朝から晩まで神社の仕事に精を出しているらしいじゃないか。町の人が感心していたよ」

「久保さん……」

「由弦君はあと一年で神職の免許が取れるんだろう？　大学を卒業して神社で元気に働く日を楽しみにしているから」

目尻に皺を寄せた久保の笑顔に、うれしさが込み上げてくる。

「……あ、ありがとうございます！」

誰かに認めてもらえる。自分にずっと自信が持てなかった由弦には心の底から喜ばしい言葉だった。

久保に挨拶をして店を出ると、伊織が誇らしげに言った。

「久保さん、兄さんのこと褒めていたね。俺も同じように思っていた。最近の兄さんの頑張りを見てすごいって……！」

それはきっと、神の庭園のおかげだ。

（庭園に行ったおかげで、体調がよくなった。それに守り神の蓮様が僕たちを見守ってくれているとわかったから、自分にできることを一生懸命、心を込めて頑張りたいと思った）

その努力を伊織や久保、町の人々に認められていることに、胸が躍る。

久保書店から少し行ったところで、和モダンな建物が見えてきた。

「ほら、兄さんの好きな重乃屋が見えてきたよ」

思わずごくりと喉が鳴り、頭の中が好物のわらび餅でいっぱいになる。母が重乃屋のわらび餅が好きで、小さな頃からよく食べていた。

ガラス製の扉を押し開けると、「いらっしゃいませ」と元気よい声が迎えてくれた。

日が差し込む店内にはうぐいす餅や小倉羊羹《ようかん》などの和菓子が並び、大きなショーケースの向こうに、四十歳くらいの顔見知りの女性が立っていた。

彼女は由弦と伊織を見て目を丸くすると「まあ、まあ！」と感嘆の声を上げた。

人見知りする由弦だが、深呼吸をして笑顔で頭を下げる。

「あの、お久しぶりです、博美《ひろみ》さん」

「あら、覚えてくれていてうれしいわ。由弦ちゃん」

博美は笑みを浮かべて伊織と由弦を交互に見つめた。

「本当に久しぶりね。伊織ちゃんは町を出ちゃったから仕方ないけど、由弦ちゃんも大学に入ってからはさっぱりで。ま、学生さんは何かと忙しいものね」

博美が残念そうに言いながらも二人の全身にゆっくり視線を注いで、何かに納得するように大きく頷いた。

「由弦ちゃんも、ちょっと見ないうちに凛々しくなって。うちのノブも二人みたいなイケメンになってくれるといいんだけれど」

「伸夫《のぶお》君は元気ですか？」

伊織より四つ年下の元気な男の子の顔が脳裏をよぎった。

「ええ、今年は高校受験なんだけど、バカすぎて行ける高校がないのよ。伊織ちゃんと由弦ちゃんは冬休みなの？」

由弦が「そうです」と言い、伊織は困ったように首筋に手を当てた。

「博美さん、俺たちもう大学生なんだから、ちゃん付けはちょっと」

「そうね、今度から君付けで呼ぶわね。えっと、伊織ちゃんがお兄ちゃんだったわよね？」

「まだちゃん付けのままですよ。それに俺は弟です」

苦笑気味に訂正する伊織に、博美はあわてて手で口を覆った。

「あら、ごめんなさいね」

由弦は気にしないでください、と明るく答える。

「伊織の方が僕より背が高いし、よく間違われます。博美さん、わらび餅ありますか」

さっそくわらび餅を所望《しょもう》すると、博美がなつかしそうに目を細めた。

「そうそう、由弦ちゃんはわらび餅が好きだったわね。店内で食べる？　それともお持ち帰りする？」

どうしようと迷って返事に詰まっている間に、伊織が「ここで食べよう」と誘ってくれた。

早く食べたかった由弦は伊織の提案に笑顔になった。

店内にはテーブル席が四席あり、手前の席に由弦と伊織は向かい合って座る。

「はい、お待たせしました」

博美がわらび餅が入った器をふたつ、テーブルに置いた。

「いただきます」

竹楊枝《たけようじ》で黒蜜がかかったわらび餅を口に運ぶ。つるりとした喉越しと、蜜の甘さが絡み合い、朝食でおなかがいっぱいなのに、いくらでも食べられる気がしてくる。

「ん……美味しい！」

至福の表情を浮かべて頬張る由弦を見て、伊織が口元をほころばせた。

「兄さん、俺の分を少しあげる」

半分ほど残っている器を差し出され、由弦は戸惑った。大好きなわらび餅が増えるのはうれしいが、伊織が我慢しているのではと思ったのだ。

「俺は兄さんが食べているのを見てるだけで満足だから、気にせず食べて」

「……それじゃあ遠慮なくいただくね。ありがとう、伊織」

器を引き寄せ、わらび餅を味わっていると、背後で扉が開く音がした。

奥から顔を出したのは、博美の父親の重吉《しげきち》だ。

七十歳を超えて店を娘婿に譲った後、隠居生活を送っていると聞いていたが、重吉は昔と変わらず背筋が伸びて元気そうだ。

「父さん、神社の由弦ちゃんと伊織ちゃんよ」

博美が明るく言いながら、こちらを手で示した。

由弦も伊織も笑顔で「お久しぶりです」と立ち上がって頭を下げて挨拶した。

重吉は祖父の忍の後輩で、よく家にも遊びに来ていたので馴染みの仲だ。

「おお、青元神社の……二人共、大きくなって……」

にこにこと店内に入ってきた重吉だが、由弦を見た途端、その目がハッと大きく見開かれた。

「――八雲、君？」

「えっ……？」

重吉は呆然と口を開いたまま由弦を見つめている。

「え……と、僕は由弦です。忍の孫の」

「え――いや、ああ、そうか。しかし、これはまた……」

ぱちぱちとまたたいた重吉の背中を博美が小さく叩いた。

「お父さんったら。由弦ちゃんを誰と間違えたの？」

「ああ……忍先輩の弟の八雲君かと思った。顔立ちといい雰囲気といい、本当によく似ている」

祖父の忍に、弟がいたことは父から聞いている。

「大叔父は若い時に行方知れずになったと聞いています」

「そうじゃよ。写真が……博美、すまんがわしの部屋へ行って、ちょっと高校の時の卒業アルバムを持ってきてくれ」

重吉に頼まれた博美が、苦笑しながらも奥の間へと入って行った。

じきに臙脂《えんじ》の表紙のアルバムを持って戻り、テーブルの上に置く。

「古いアルバムですね」

伊織が興味津々といった様子で身を乗り出し、由弦も目を輝かせて顔を寄せた。

青元村の隣の町にある普通科の高校の名前が箔《はく》押しされている布張りの表紙を開き、重吉がぱらぱらとページをめくる。

「わしと八雲君は同級生だった。ほら、これが八雲君だ」

重吉が指さしたのは、優しそうな面立ちの男性だ。

伊織がアルバムを覗き込んで頷いた。

「本当だ。兄さんと似てる！」

「そうかな」

自分ではよくわからないが、博美も興奮気味に「そっくりだわ」と言っている。

「八雲君は病弱だったが、眉目秀麗《びもくしゅうれい》でとても魅力的な人だった。青元神社をとても愛していたしね。忍先輩は八雲君のことをそれは可愛《かわい》がっていて、よくわしに、八雲君が青元神社を継ぐべきだったのに残念だ、自分が弟の分までしっかりしないといけないと話していたよ」

（青元神社を愛していた……）

由弦は重吉の言葉を聞き、同じ神社の後継として生を受け、同じように病弱だったという大叔父へ想いを馳せる。

神社を愛していたのなら、きっと跡を継ぎたいと思っていたことだろう。それなのに志《こころざし》なかばで行方不明になった無念はどれほどか。

（八雲さんなら病弱でも跡を継ぐ決意をしたのかな）

もし大叔父が生きていたら、今の由弦の悩みを打ち明け、彼の考えや助言を聞いてみたいと思った。

その晩、由弦は不思議な夢を見た。

両親がいて、大学を卒業した伊織と二人で、神社を切り盛りしている夢だ。

重乃屋で聞いた話が印象的だったのか、なぜか亡くなったはずの祖父と八雲もそばにいて、みんなで笑っている、よくわからないが、なんだか楽しい夢だった。

「そうだ、もっと健康になって、伊織と一緒に青元神社を守っていくことができたら……」

無意識のうちにつぶやいた由弦の鼓膜に「ずっと一緒にいられない」という伊織の声がよみがえる。

後継は自分と伊織のうちひとりだけだとわかっているからこそ、叶《かな》うはずのないみんなで和気あいあいと神社で仕事をする願望のような夢を見たのだろうか。

由弦は布団を頭までかぶって目を閉じると、再び穏やかな眠りに落ちていった。

＊＊＊＊

翌日、父から神事について報告があった。

「神域《しんいき》結びの儀を明後日に行うことになった」

「えっ……？」

由弦は小首を傾げて父を見つめた。傍らの伊織も同じようにしている。神域結びの儀という神事は今まで聞いたことがなかった。

「知らないのも無理はない。神域結びの儀は、内々で五十年ごとに行われる青元神社の神事のひとつだ。五十年に一度だから、タイミングによっては携わらない宮司もいる。わたしの年齢的に、五十年後の儀は次の宮司が行うだろう。滞りなく行えるように、お前たちも参加しなさい」

藤波家に代々伝わる巻物を手に、父は神域結びの儀の準備を進める。

（そっか……神域結びって、蓮様が言っていた結界の張り替えのことなのかもしれない。五十年ごとに行ってるって言ってた）

そう思うと、結界の張り替えというのは青元神社と神である蓮が共に行う大切な神事なのだろう。そこに、神社の歴史と守り神の蓮との強い結びつきを感じた。

今がちょうど結界の張り替え時期だったため、ゆがみが出て、霊力が強い由弦があの庭園へと迷い込んだのか。

（それなら、結界を張り直したらもう庭園に行けなくなるのかな）

神秘的で美しい庭園を訪れることは、もう二度とできない。

『また会おう』と言ってくれた蓮との約束も、果たされることはない。

そのことに疼痛《とうつう》を覚え、由弦はゆるゆるとうつむいた。

＊＊＊＊

神域結びの儀当日は、一段と寒い風が吹いた。

「外は寒いね、兄さん。大丈夫？」

「うん、大丈夫だよ」

神域結びの儀式は日没後に行われる。特別な日なので、紙垂を付けた注連縄を神社の入口に張り、禁域とした。

「あっ、電車だ」

伊織の弾んだ声に、由弦は顔を上げた。

高台に建つ青元神社からは、青元村が見渡せる。東西に貫かれたＪＲの線路を電車が通っているのが見え、途端に、伊織の双眸が輝く。

「伊織は昔から電車が好きだね」

子供の頃は電車のおもちゃを手放さず、今でも彼の部屋には電車の模型が置かれている。壁には新幹線のポスターが飾られているし、本棚には電車関連の本がたくさん集められている。

視線を戻した伊織が、ふっと浅く息をついた。

「——言おうか、迷っていたんだけど」

先ほど走りゆく電車に向けられていた明るい眼差しは陰を潜め、どこか戸惑うような表情で伊織が告げる。

「俺、本当は……電車の運転士になりたいんだ」

「えっ？」

一瞬、意味を捉えかねて、由弦はあいまいに首を傾けた。

「運転士……？」

「そう、電車の」

二度聞いたことでようやくその意味を咀嚼できた。

伊織もこの青元神社を継ぎたいのだと、なんの疑いも持たず思っていた。

「そうだったの……？　それじゃあ宮司は……？」

伊織の瞳が大きく揺れ、かすれた声が耳を打つ。

「兄さんが他にしたいことがあれば、俺が神社を継ごうと思ってきた。だから……」

伊織の声は途切れて最後まで聞こえなかったが、由弦には続く言葉がわかった。

だから伊織は諦めようと思っているのだ。体が弱い由弦のために。電車の運転士になるという幼い時からの夢を。

あまりにも悲壮な決断に、胸の奥を鋭利な刃物で抉《えぐ》られるような痛みを感じ、拳《こぶし》を握りしめる。

深く息を吸うと、伊織の優しい声が落ちた。

「俺はずっと、兄さんに悪いと思ってきた。兄弟なのに俺だけ健康に生まれて。本当なら、神社の跡継ぎは兄さんだ。でも、無理をしてほしくない。兄さんが責任感だけで無理してここを継ぐくらいなら、俺が宮司になる」

「伊織……」

初めて聞いた弟の本音に、唇を噛《か》みしめる。

伊織はたのもしい笑顔の裏で、そんなつらい選択をしようとしていたのだ。

病弱な兄のために自分の本当の夢を諦める選択を。

散々仲がいいと周囲に言われてきたのに、これまで伊織の本心に気づくことができなかった。

それを思うと、自分がどれだけ伊織に気遣われ、大切にされてきたのかがわかる。

（……情けない）

大好きな弟の本当の夢を察することもできないなんて。

由弦はあまりの自己嫌悪に頽《くずお》れそうになってしまった。

「……伊織、その話はまた改めてしよう」

「そうだね、そろそろ行かないと」

由弦は沈んだ気持ちのまま、儀式の用意のため、伊織と共に夜の参道を歩いて本殿へ向かった。

御神体が鎮座《ちんざ》する本殿は本来立ち入ることが出来ない神聖な場所で、拝殿と本殿の間にある幣殿《へいでん》に八足台《はっそくだい》が並べられ、その上に神饌《しんせん》と呼ばれる神酒《みき》や果物、魚や野菜など、神への供物が載せられていた。

秘儀で神を呼ぶために奉られているのは、蓮白彦命の剣だ。かつて蓮が愛用していたとされる剣は、神社創設の藤波家の先祖がこの地域の安寧《あんねい》を祈願して神より与えられたもので、御神体として青元神社に祀られている。

本殿に足を踏み入れると、伊織がそっと耳打ちしてくる。

「緊張するね、兄さん」

由弦はぎこちない笑みで小さく頷き、大丈夫だよと伊織の背中をそっと撫でた。

今宵は伊織と由弦も父に倣《なら》って潔斎《けっさい》して気を清め、衣冠《いかん》と呼ばれる正装に着替えている。袍の上着に奴袴《さしぬき》という袴姿で、頭には垂纓冠《すいえんかん》という冠をかぶるスタイルは、宮中貴族が着ていた服装だ。

「兄さんは和装が似合うね」

「伊織だって、すごく似合って……ごほっ……」

咳込む由弦を見て、父が心配そうにこちらを見た。

体調が思わしかったのは庭園から戻った一週間あまりで、今は慢性的な発熱と発作を繰り返す毎日に戻ってしまっている。

「由弦、先に家に戻るか？」

「そうだよ、無理しないで」

大切な儀式の場なのに、周りに心配をかけて情けないと、由弦は顔を伏せる。

こんなことでは、さらに伊織に負担をかけてしまう。それが彼の夢を遠ざける。

必死に咳を抑えながらそんなことを考えるたびに、庭園への想いが募ってくる。

もう一度あそこに行けば、健康な体を手に入れられる。いる時間がさらに長ければ、より丈夫な体になるのかもしれない。そうすれば大好きな弟の夢を叶える手助けをしてやれる。

「大丈夫、始めよう」

伊織が背中をさすってくれたおかげか、ようやく咳が治まった。

「よし、時間だ……」

父の朗々とした声が響き、座した由弦と伊織は姿勢を正した。

献饌《けんせん》と祝詞《のりと》奏上、玉串を奉りての拝礼と、儀式が続く。

父が両手を振り上げ、太鼓を叩いた。

号鼓《ごうこ》は始まりの合図と共に、本殿と幣殿の場を清め、心を鎮めるという役割がある。同時に守り神を召喚する意味も持っている。

「青元の地に宿る神よ、古よりの誓約に従い、藤波の後継の前にお目見えくださいませ――」

父の召喚の声と共にドオォォンッと響く号鼓の音が響き渡り、蓮白彦命の剣が青色の光を放った。

(え……っ)

魔法のようなその現象に思わず目を見張ったが、父と伊織は青白い光に気づいていないようだ。ということは、自分にだけ見えているのだろうか。

痛いほどの眩い光に耐えていると、それが徐々に大きくなり、中から人影が現れる。

じきに光が弱まり、鮮やかな紫色の装束の蓮が、白銀の獣耳と四本の尻尾も凛々しく、金色の指貫で本殿に降り立った。

(蓮様……!)

思わず声を上げてしまいそうになったが、唇を噛みしめて耐えた。

伊織も父も、蓮に全く気づいていない。

(やっぱり、蓮様のことも見えないんだ……)

蓮がゆっくりと両手で印を切り、御神体である蓮白彦命の剣を手に取った。

「――謹請《きんぜい》し奉る　青元の地を守りし　神の御手より　萬《よろず》の禍を祓い給え」

凛とした蓮の声が号鼓と共に響くと、蓮白彦命の剣が再び青色の光を放った。

途端、剣から風が吹き上がり、大きく膨れ上がった気が本殿の出口に向かって飛び立っていく。

（すごい！）

由弦が一連の出来事に見入っているうちに、号鼓の音が小さくなり、じきに止《や》んだ。

「先ほどの気は青元村全体に広がる。これで結界は新しくなった」

蓮の声に、由弦は敬意を込めて深く頷くが、父と伊織にその声は聞こえていない。

父が祭儀終了の打鼓《だこ》を打ち、撤饌《てっせん》で神事終了となる。

この後、直会《なおらい》が神社境内の広間で開かれる。これはご神前から下げた神饌や御神酒を、宮司以下の神職や関係者が飲食して神様の力をいただくという意味がある。

「由弦、伊織、ご苦労だった。さあ広間へ行こう」

父の言葉に伊織が様子を窺うように由弦の顔を見る。

「兄さん、どうする？」

「僕は家に帰ってもいい？」

「そうだな、由弦は咳が出ていたし、少し顔色が悪い。ゆっくり休みなさい」

「はい、父さん」

心配そうな伊織に、「大丈夫だよ」と笑顔で手を振る。ここで退室することで、神事の一端をまた伊織に委《ゆだ》ねてしまうことになるが、今だけは許してほしい。

　二人が本殿から出てひとりになると、由弦は蓮と、彼のそばに立つ大雅へ駆け寄った。

「蓮様……！　大雅さんも……。あ、あの、結界を新しくしてくださって、ありがとうございました」

　由弦は緊張しながら、深く頭を下げる。

「またお会いできてうれしいです。……ごほっ、ごほっ……」

　興奮気味にまくし立ててしまったせいか、激しく咳込んでしまった。

「大丈夫か？」

　由弦の肩にそっと乗せられた蓮の手から、あの温もりが注がれる。

　彼の手から伝わる熱で、冷えていた体があたたまっていくのを感じて、胸の中まで心地よい温もりに包まれる。

（蓮様は優しい。でも、もう帰ってしまう）

　新しくなった結界に、今やゆがみはない。神の庭園に迷い込むことは、今後五十年ないのだと思うと、言いようのない寂しさが込み上げてきた。

「この頃寒さが一段と増しているようだ。由弦の体に障りがなければよいが」

「し、心配してくださって、ありがとうございます」

　あわてて礼を口にする由弦に、大雅が唇を尖《とが》らせた。

「由弦殿はバカなんですか！　蓮様が人間のあなたの心配などなさるはずがないでしょう。ただの社交辞令ですから、自惚《うぬぼ》れるのも大概にしてくださいね！　さあ蓮様、結界も張り直したことですし、庭園に戻りましょう。ここは寒くていけません」

「な！」

「大雅、そんな言い方はよくない。私は由弦の体が心配だ」

あんぐりと口を開けた大雅を見た直後、入口から肌を刺すような寒風が吹き込み、由弦は口を覆って深く咳込んだ。

「ゴッ、ゴホ……ッ」

「大丈夫か、由弦」

咳が止まらず、ぜぃぜぃと苦しい呼吸音が喉から聞こえてくる。

火傷《やけど》したように喉の内側が熱くなり、体をくの字に折り曲げた。

「ごほっ、ぐっ……ごほ……っ」

苦しくて涙が浮かぶ。蓮が背中をさすってくれた。

「す、すみま……ごほっ、ごほ……！」

「無理にしゃべらない方がいい」

耳元で重みのある声が聞こえた。

「由弦のことだが、しばらく私の庭園で過ごさせてはどうだろう。神の庭は空気がきれいで喘息が治りやすい」

「はぁ？」

素《す》っ頓狂《とんきょう》な声を上げた大雅を横目に、蓮は由弦へ問う。

「そなたは大学生だったな。あとどのくらい休みがある？」

「えっと……二週間ほどです」

おずおずと由弦が答えると、蓮が頷いた。

「大雅、由弦を二週間の間、庭園に住まわせよう」

「蓮様！　お忘れですか？　四百年前のあの事件を！　わたくしは反対でございます。我々が暮らしている神の庭で、野蛮な人間を住まわせるなどと戯《たわむ》れをおっしゃっては困りますね！」

由弦は何度か大きく息を吸って、顔を上げた。

蓮の気持ちはとてもうれしい。またあそこに行けたらと願ってはいたが、あくまで個人的な希望で実現するとは思っていない。それに側近である大雅が反対なら、それこそ叶う願いではないだろう。

「蓮様、僕は、お気持ちだけで十分です」

「当たり前ですよ！　神の庭園は神獣の居場所なのです。伴侶でもないただの人間が住めると思ったら大間違いですから！　病弱だからって無神経にも程があります！」

ビシッと指をさして言い切る大雅の顔が、ふいに伊織の顔と重なった。

なぜだろう。全く似ていないのに、必死に言い募る大雅の顔が、伊織を彷彿させる。

——俺、本当は……電車の運転士になりたかった。

——俺はずっと、兄さんに悪いと思ってきた。兄弟なのに俺だけ健康に生まれて。本当なら、神社の跡継ぎは兄さんだ。でも、無理をしてほしくない。

伊織は由弦を慮《おもんぱか》るように言葉を選んでくれたが、本当の夢が宮司でないことは明らかだ。

（ごめん、伊織……！　伊織には好きな仕事をしてほしい……！　神社は僕が継ぐから）

由弦は宮司になりたかった。父の後を継いでこの青元神社を守っていきたかったのに、無理だと諦めようとした。

自分にはそんな資格はないと思い込み、伊織にすらその本心を告げることはなかった。そのせいで伊織にいらぬ心労をかけてしまったのだ。

ぐっと拳を握りしめ、由弦は喉を振り絞るようにして大きな声を出した。

「す、すみません。やっぱり、厚かましいお願いですが、どうか、少しの間でいいので、僕を庭園に置いてもらえませんか。獣人の皆さんに迷惑かもしれませんが、しっかり体調を整えて、庭園のお手伝いも頑張りますので」

「はあっ？　何をおっしゃるのですか！　そんなわがままが通ると思ったら大間違いだと……」

興奮してまくし立てる大雅に、蓮が静かに意見を返す。

「大雅、私は十六年前、由弦が困った時に助けにくると約束した。盟約を交わしている藤波の後継を、二週間と期限を決めて神の庭へ置くことに問題はないはずだ。違うか？」

「ぐ！　それは……」

大雅が言葉に詰まった。

「問題があるのか？」

重ねて問う蓮に、大雅は大きく息をつく。

「い、いいえ！　まあ、神社の後継ですし、二週間くらいの期間でしたら大丈夫でしょう。他の庭園でも過去にそういう例は多々あると聞いております」

そう言いながらも渋面《じゅうめん》の大雅から由弦へ目線を移し、蓮が声を低めた。

「由弦、庭園で過ごすことで、そなたの体調はよくなるだろう。だが住人の中には、まだ人間に不信感を持っている者もいる。大丈夫か？」

怯えるコハルの顔と、睨みつけてきた遠心の冷たい視線を思い出す。

それでも由弦は、蓮の青色の瞳を見て力強く頷いた。

「はい……大丈夫です！」

「それでは明日からでよいか？」

その提案には、あわてて首を左右に振った。

「すみませんが、できれば年明け五日以降にお願いします」

明日の大晦日《おおみそか》から三が日にかけて、神職者は最も忙しい時期だ。この時期は叔父たちに手伝ってもらうだけでなく、臨時でアルバイトを雇っているが、それでも眠れないほど多忙なのだ。大した手伝いができなくとも、由弦が抜けることはできない。その分、庭園で過ごせる時間は一週間ほどと短くなるが仕方がない。

「――わかった。それでは五日の朝、卯の刻に、鳥居のところへ来てくれ」

「は、はい。ありがとうございます！　あの、僕……持っていくのは着替えと、他に何かありますか？」

　勝手がわからず尋ねる由弦に、蓮は優しく目元を緩めた。

「なるべく身ひとつできてほしい。必要なものはこちらにすべてそろっているし、人間界からは何も持ち込まない方がいいだろう」

「わ、わかりました」

　由弦は深々と頭を下げる。本殿に風が吹き抜け、顔を上げた時には蓮と大雅の姿は消えていた。

（庭園に行ける……よかった）

　前回よりさらに長い時間あそこで過ごせば、自分は健康な体を手に入れられるかもしれない。そうなれば、由弦は神社を継ぎ、伊織は運転士になるという互いの夢を叶えられるかもしれないのだ。

それを思うと、由弦の頬は喜びでほころんだ。

＊＊＊＊

今年一年間の神の御恵みに感謝する祭典、除夜祭が大晦日の夜に行われた。

そして、大晦日から元旦までの間、神社などに参拝する行事を除夜詣、除夜の鐘が鳴り終わってから元日に土地の氏神や神社仏閣に参詣することを初詣という。年が明けてからも、三が日をピークに忙しい日々が続き、なんとか落ち着きを取り戻した頃、由弦は伊織にだけ、神の庭園へ一週間ほど行くことを話した。

神域結びの儀の前、現世ではない神の庭園に足を踏み入れたこと。そこで青元村の守り神である蓮に出会ったこと。そしてそこで過ごしたことで体調がよくなり、今回もそれを目的にしばらく世話になることを打ち明けた。

まるで夢物語のその話は、普通の大人なら受け入れることのできない内容だろう。それでも伊織はしばしの逡巡《しゅんじゅん》ののち「そうなんだ」と納得してくれた。

なぜ信じることができるのかと訊くと、あの時の由弦の様子を見たからだと答えた。庭園から戻った由弦が別人のように顔色がよく元気に過ごしていたことで、神の仕業ではないかと密かに思っていたらしい。

それでも非現実的なその話を信じてくれたのは、神社に生まれ育ったという社会的環境だけでなく、兄である由弦を信じてくれているからなのかもしれない。

「ちょっと待って。でも神の庭園へ、たったひとりで一週間も？」

庭園や蓮の存在を信じてくれても、一週間もの間家を空けることに伊織は戸惑いを隠せないようだ。

「うん、あそこは空気がきれいだし、気温もちょうどよくて過ごしやすいんだ。僕、少しでも健康になりたい。そして宮司になるから」

決然と言い切ると、伊織がわずかに眉をひそめて視線を落とした。

「それって、俺が電車の運転士になるのが夢だって話したから？　俺のことは気にしなくていいんだよ。兄さんは好きな道を進んでくれればいいんだ」

伊織は誤解しているのかもしれない。由弦が無理をして弟の夢を応援しようとしているのだと。

でもそうではない。由弦は青元神社の宮司になりたい。今後も神社を守るため、前向きな気持ちで旅立つのだ。

「伊織、僕は本当に宮司になりたいんだ。子供の時からの夢だから。だから待っていて」

自分よりも背の高い弟を真《ま》っ直《す》ぐ見つめると、伊織はしばらく考えるように難しい顔で眉間に皺を刻んだが、最後はこくりと頷いた。

「わかった。少しの間お別れだね。父さんと母さんには俺がうまくごまかしておくから安心して」

伊織がたのもしく言い、由弦の肩を優しくポン、ポンと叩いた。

そして、明日は蓮と約束した日――。

（卯の刻は午前五時から七時だから、早目に寝て、鳥居で待っていないと）

由弦は半身を起こし、スマホに手を伸ばしてアラームを午前四時にセットした。

「早く、寝よう……ゴホッ、ゴホッ」

夜になると気温が下がるせいか、咳が出てしまう。由弦はベッドの中で瞼を閉じ、体を折るようにして咳を抑える。

自分がこんなに病弱じゃなかったらと何度思っただろう。

由弦はゆっくりと息を吸い、静かに吐いた。

「頑張るんだ。僕はこの神社の宮司になる。伊織、安心して……」

「――由弦」

優美な声で名を呼ばれて目を覚ますと、見慣れた自室の天井が見えた。

視線を横へ向けると、そこにはカーテンから透ける青白い光に浮かび上がるようにして、端正な顔立ちの蓮が立っていた。

「れ、蓮様!?」

由弦は布団から飛び起きて窓を開けた。

おそらくアラームを止めて寝てしまったのだろう。スマホはベッドの上に転がっている。鳥居での待ち合わせだったのに、部屋で起こされるとは……。由弦は申し訳ない気持ちで頭を下げた。

「すみません」

「気にせずともよい。由弦、これを――」

「あ、はい……！」

「庭園の住人は皆、和装で過ごしている」

すぐに蓮が持ってきてくれた翡翠《ひすい》色の着物に着替える。

「蓮様、ひとつ訊いてもいいですか」

「改まってどうした？」

「不思議に思っていたのですが、蓮様の姿は、伊織や父には見えないようです。なぜ僕だけが見えるのでしょうか」

神域結びの儀の時から気になっていたことを尋ねると、ああ、と蓮は小さく頷いた。

「藤波家は代々青元神社の宮司を務めてきた霊力の高い血筋の家柄だが、個々の能力は生まれ持った差がある。由弦は父や弟より霊力が高いから私や大雅が見えるのだろう。その意味では、そなたはこの神社を継ぐにふさわしい血を持って生まれた」

「でも、僕は体が弱くて、周りに迷惑をかけてばかりで……」

自嘲《じちょう》気味に瞳を揺らす由弦の腕を、蓮がそっと掴んだ。

「庭園で療養すれば現状も変わるだろう。では、まいろうか」

蓮の言葉にありがたく頷いた途端、軽々と横抱きの状態で抱き上げられた。

近くなった蓮の美貌に頬が熱くなり、体をねじるようにすると、頭上の顔が苦笑した。

「じっとしていなさい。今は結界が緩んでいないから私に触れていなければ結界を抜けられない」

「わ、わかりました」

意味もなく抱き上げられたわけではない。庭園へ行くための方法だ。それなのに過剰に反応してしまった自分が恥ずかしい。

蓮はやわらかな眼差しを向けると、窓から高く飛び上がる。

「蓮様、ここは二階です……、うわっ……落ちる……っ」

急降下する感覚に息を呑むが、じきに重力に逆らうように体が浮上した。目を開けると眼下に御神木が見える。蓮に抱かれたまま、あっという間に鳥居まで来た。

「これから結界を通る」

「……ごほっ、ごほっ」

「大丈夫か？　人間界の睦月は寒い。すぐに私の庭園へ向かう。結界を通るので、振り落とされないように」

「は、はい……！」

――行ってきます、父さん、母さん、伊織……。

心の中で別れの挨拶をし、振り落とされないように口元を引き締め、蓮の逞しい背中に手を回す。

「そうだ、私にしっかりしがみついていなさい」

蓮は空間の一点を凝視して呪文を唱える。空気がねじれて、そこから光が漏れ、それが大きさを増していく。

眩しさに目を閉じようとした刹那、蓮が光の中へと跳躍した。

視界が真っ白になり、蓮の顔も何もかも白く塗りつぶされて、思わず由弦は目を閉じた。

4

ふいに鳥の鳴き声が遠くで聞こえ、続いて蓮の声が鼓膜を揺らす。

「由弦――」

瞼を上げると端正な顔が見え、その向こうに青空と高く聳える山々、色鮮やかに咲いている花々が見えた。

電柱や看板などない美しい風景と、澄んだ空気が、神の庭園に来たことを教えてくれている。

「ここは蓮様の庭園……？」

「そうだ。結界を抜けた」

蓮がゆっくりと下ろしてくれたのは、最初に来た時と同じ、庭園を見渡せる小高い丘の上だ。

（気持ちいい……僕、庭園にいるんだ）

深呼吸すると、体の細胞が活気を取り戻したように元気が漲《みなぎ》ってくる。

改めて美しい景色を見渡していると、蓮と目が合った。

「やっぱりここは美しいです。空気も美味しくて……」

「落ち着いたようだな。それでは神殿へ行こう」

「あの、よかったらあの道を通りたいのですが」

神殿へ続く道すがら、果樹園のような一帯が見える。その方角を指さすと、蓮が微笑んだ。

「よし、行こう」

やわらかな日の光に包まれ、なだらかな道を蓮と歩いて行く。ところどころに黄色や橙《だいだい》色の屋根の木造の家が建っていて、じきに色とりどりの果実が見えてきた。

「あっ、あれは林檎《りんご》ですね。その向こうに見えるのは無花果《いちぢく》……」

美味しそうな果物を見つけ、由弦ははしゃいだ声を上げる。

果樹園の向こう側は花畑が広がっており、その周囲に四、五人の獣耳と尻尾を持った和服姿の住人がいて、果物を収穫している。彼らは蓮を見ると笑顔で頭を下げ、近寄ってきた。

「蓮様、見てください。今朝収穫したばかりの柚子《ゆず》と梨《なし》です。瑞々しいですよ」

「こちらは花梨《かりん》ですわ、蓮様」

「立派な果物だ。食事を楽しみにしている」

満面の笑みで話かける獣人たちに、蓮は穏やかに返す。

蓮が獣人たちと和やかに言葉を交わしているのを見ながら、由弦はしばらくここで世話になるのだから馴染まないと……と思い、勇気を出して自分から話に加わってみることにした。

「あの、ほ、本当に美味しそうな果物ですね……！」

しかし由弦が話に入った途端、その存在に気づいた人々の顔からすっと表情が消え、怯えたような視線を由弦に向ける。きっと漆黒の気が見えているのだろう。

いつもなら、それだけでくじけてしまったはずだ。それでも由弦は再度勇気を振り絞る。

「あの、僕は少しの間、神殿で暮らす藤波由弦です。よろしくお願いします」

「………」

はきはきと言葉を切り頭を下げるが、誰も何も言ってくれない。

凍りつくような冷たい空気に、由弦は「あの……」と言葉を探しながらも、ゆるゆるとうつむいた。

「黒色の気を纏った者——魔物め、アンタ何しに来なすった」

木籠を置いた男性が、忌々しそうに眉根を寄せて由弦を睨む。

「あ、ぼ、僕は……」

説明する前に、縦にも横にも大きい赤毛の男性が由弦を怒鳴りつけてきた。

「魔物は庭園から出て行け！」

蓮が何か言おうと口を開くより早く、果樹園にいた者たちが、口々に由弦を罵《ののし》り始めた。

「そうだ、邪気を纏った者は出て行け！」

「出て行け！　出て行け！」

「あ……」

由弦は視線を泳がせる。勝手に会話に加わったから、こんな大騒動になってしまった。

（どうしよう……）

焦る気持ちを懸命に抑えながら、こんな時、伊織ならどうするだろうと考えた。

（伊織ならきっと、逃げ出したり、この場で黙り込んだりしないはずだ）

由弦は顔を上げ、暴言を吐く人たちと真っ向から対峙《たいじ》する。

「ぼ、僕は、皆さんと仲よくなりたいと思っています！　ら、乱暴なことは絶対にしません……！

皆さんに迷惑をかけたりしません。だ、だから……よ、よろしくお願いします！」

　震える声で叫ぶように言い、由弦は再び深々と頭を下げた。

「……お前の言うことなど信用できん。さっさと出て行け！」

　怒鳴りながら、赤毛の男が木の枝を拾い、振り上げた。咄嗟に身構える由弦の前に蓮が素早く立ちふさがった。

「れ、蓮様、そのような人間をお庇《かば》いになるなど……」

　驚いている獣人たちに、蓮が諭《さと》すように告げる。

「この者は私が庭園に招いた客人だ」

「えっ……」

「そなたたちは四百年前、突然庭園に入り込んできた人間に襲われ、恐ろしい思いをした。怪我をした者もいるだろう。そなたたちが人間に怯える気持ちはわかる。だが由弦は何もしていない。受け入れてもらおうと必死に頭を下げている」

蓮の言葉に獣人たちは口を閉じた。

「人間は魔物ではない。わかってくれ」

気まずそうに互いの顔を見合わせる獣人たちは、蓮の願いに項垂れた。

「そなたたちの戸惑いもわかるが、しばらく様子を見てほしい――よいな？」

はいと細々とした声が返ってくると、蓮はすっと由弦の手を握り、歩き出す。

「さあ、神殿へ行こう、由弦」

「は、はい……！」

由弦は何も言えず黙り込む獣人たちに頭を下げ、蓮に続いた。

朱色の橋を渡り、神殿前に着く。

「お帰りなさいませ、蓮様――」

見張りの従者が由弦を見るとやはり一瞬青ざめたが、すぐに両開きの扉を押し開けた。

蓮は由弦の手を引くようにして中へ入ると、板張りの回廊を歩き、奥まった部屋の襖を開けた。

「由弦、この部屋を使うように」

畳張りの広い室内は、障子が開け放たれ、大きな窓から庭園の豊かな自然が見えている。丁寧に磨き込まれた調度品や文机《ふづくえ》が置かれて居心地がよさそうだ。

「素敵な部屋をありがとうございます。落ち着くお部屋ですね」

言いながらも、先ほど獣人たちに怒鳴られた恐怖がまだ残っていて、由弦の指先は小刻みに震えていた。手を繋いでいたのだから、その震えが蓮にも伝わっているはずだ。

そこで蓮が、繋いでいた手を握り込んだ。

「つらい思いをさせてすまない。私の前では強がらなくてもいい」

「蓮様……」

労ってくれるその言葉がうれしくて、強張っていた体から力が抜け落ちる。

視線を蓮から室内へ移した刹那、花が飾られていることに気が付いた。

「あ、可愛い花が」

部屋の奥に天袋とは違う棚があり、そこに小ぶりの花瓶《かびん》が置かれ、白色の小さな花が生けられている。

「あの花はコハルが、そなたのために庭園から手折ってきたものだ」

由弦は驚いて蓮を見つめる。

「コハルって、この前池で溺れた……」

「ああ、そうだ。――コハルと遠心を呼びなさい」

回廊に控えていた従者に蓮が命じると、彼はすぐに立ち上がった。彼も獣耳と尻尾がある。

「コハルは、風邪などひかずに元気でしょうか」

霊鏡でその後の様子を見せてもらったが、何せ白兎になって震えていた姿が衝撃的だったので、今日まで大事はなかったか心配だった。

蓮が返事をする前にタタタッと床を踏み鳴らす足音がして、コハルがぴょこっと姿を現した。

（元気そう……よかった）

子供らしい紅色の頬を見て安堵する由弦に、コハルがもじもじしながら話しかける。

「あの、由弦さん。ボク……由弦さんに石を投げてしまって……父さまから黒色の気を纏った者が暴れたことがあると聞いていたから怖くて……本当にごめんなさい」

コハルが頭を下げると、長い耳もしゅんとお辞儀するように下を向いた。

「ううん、気にしてないよ。コハルも気にしないで」

由弦がにっこり笑うと、コハルがぱっと顔を輝かせ「よかった」と声を弾ませた。

蓮がそんな二人を見つめて満足そうに頷く。

「由弦が庭園に逗留《とうりゅう》中、コハルに側近としてついてもらってはどうだろう」

「えっ、ボク、由弦さんにお仕えしてもいいんですか」

「頼むぞ、コハル」

蓮に頼まれたことで、コハルは背筋を伸ばし、顔を引き締めてみせた。

「ボク、頑張ります。よろしく、由弦さん」

「こちらこそ、よろしくね」

コハルは普段、遠心と共に見習いとして蓮の身の周りの世話を手伝っているらしいが、蓮の従者は他にも多くいることもあり、由弦の側近にしてくれたようだ。

それにしてもコハルは、出会った時とは別人のように人懐こい。

あの時は、兎耳が震えていた。黒い気を持つ人間は乱暴だという噂を聞いていたコハルは、漆黒の気を纏った由弦を見て、どれほどの恐怖を感じたのだろう。

「コハルと一緒だと、心強いよ」

由弦は笑顔でコハルの緋色の髪をそっと撫でた。

「ボク、頑張ります。由弦さん、なんでも言ってくださいね。……あ、兄さま」

いつの間にか直垂《ひたたれ》姿の遠心が敷居の向こうに立っていた。その顔に表情はない。

「遠心、こちらへ」

蓮が手招きすると、こくりと頷いて遠心が室内に入ってきた。由弦ではなく、蓮の方を向いて畳に座り、居住まいを正す。

「改めて紹介する。青元神社の宮司の長男、由弦だ。体調を整えるため少しの間庭園に逗留する。遠心とコハル、二人で由弦の身の周りの世話を頼む」

「……わかりました」

表情の読めない顔で頭を下げる遠心に、あわてて由弦もお辞儀を返す。

「よ、よろしくお願いします。えっと、遠心くん」

緊張しながら挨拶する由弦を見つめ、蓮が言う。

「由弦は私の客人だ。神殿の従者に敬称は不要。呼び捨てでよい――。遠心、コハル、由弦のことを頼むぞ」

「はいっ」

元気な声で応えたコハルが勢いよく立ち上がり、由弦を真っ直ぐに見つめた。

「ボク、泳げないの。あの時、由弦さんがいなかったら、どうなっていたか……助けてくれて本当にありがとうね……」

由弦は両手を広げ、コハルの小さな体をそっと抱き寄せた。細長い獣耳がピンと張り、臀部の丸くて小さな尻尾がふわふわと小さく揺れている。怖い思いをしたのに、由弦に理解を示すコハルに、胸の奥から愛《いと》しいという気持ちが堰《せき》を切ったように込み上げてきた。

「さて――遠心とコハルには明日から由弦についてもらおう。今日はもう下がってよい」

「かしこまりました、蓮様！　由弦さん、明日からよろしくお願いします」

コハルが飛び跳ねるようにして部屋を出て行く。静かに立ち上がった遠心の兎耳が由弦の方を向いているが、彼はちらりとこちらを見ただけで、無言でコハルの後を追った。

「あの、蓮様……色々とお気遣い……」

話しかけた途端、足音を響かせて回廊を歩いてくる者がいた。

「蓮様、こちらでございましたか――」

水色の髪と双眸、そして白熊の獣耳を持つ大雅が、部屋に入ってきた。由弦を見てこめかみに手を当てる。

「な！　本当に来るとは、由弦殿は図々《ずうずう》しいですね！　全く……何か問題があってからでは遅いのでございますのに……」

「大雅の心配もわかるが、いつまでも過去に囚《とら》われていてはいけない。人間についてもっと理解を深めてもらいたいと思っている。力になってくれ、大雅」

「ぐぅ……わ、わかりました、蓮様」

蓮の泰然とした様子にしぶしぶ同意し、大雅が由弦と向かい合った。

「……一応自己紹介しておきますが、わたくしは蓮様の側近長をしている大雅と申します」

「藤波由弦です。大雅さん、よろしくお願いします」

由弦が深く頭を下げると、大雅はふぅと大きく息をついた。蓮へ向き直り声色を変える。

「蓮様、西南西の庭園より、荷物が届いておりまする」

「奈流比古《なるひこ》から？　わかった」

立ち上がった蓮が、由弦を見て口のはしを優雅に引き上げた。

「ゆっくり休んでくれ。コハルと遠心に神殿内や庭園の自然を案内してもらうといい」

「は、はい」

蓮がいなくなると思うと、途端、それまでの高揚した気持ちが小さくなり、見知らぬ場に取り残されるような言い知れぬ不安が込み上げてきた。

その気持ちが顔に出てしまったのか、蓮が膝をつき、由弦の耳元で囁く。

「体調が悪くなったり何かあった場合、私を呼ぶように申し出なさい。すぐに駆け付ける」

「ありがとうございます」

畳の上に手をつき、低頭する。その頭上にポンと熱が落ちた。

「あ……」

顔を上げると、蓮が由弦の頭をくしゃりと撫でた。

「由弦、また後で」

向けられる空のような双眸に見惚れていると、ゴホンと大雅が咳払いをして蓮に耳打ちする。

「さあ蓮様、参りましょう」

大雅に急き立てられるように、蓮は部屋を出て行き、そばに控えていた従者も後を追って回廊をついて行く。由弦はひとり、部屋に残された。

こうして、由弦の庭園での生活が始まった。

＊＊＊＊

翌朝、由弦は朝食を済ませると、中庭を訪れ美しい花々を眺めて深呼吸した。

神殿は広く、多くの獣人が行き来している。

回廊を渡って自室へ戻ってきた由弦は、ふいに突き刺さるような視線を感じ、足を止めた。

通りかかった従者の男性二人が、こちらへ当てつけるように声高に言う。

「……蓮様はなぜ、魔物を神殿に引き入れられたのだろう」

「全く、気味が悪い」

板張りを荒々しく鳴らしながら通り過ぎていく二人に、由弦はきゅっと唇を噛みしめて部屋へ入った。

情けないような哀しい気持ちで落ち着かない。

今の自分は人間というだけで、皆から嫌われ軽んじられ、怯えられている。

（しっかりしろ。僕は心も体も強くなって、宮司になるんだ）

伊織の笑顔が胸に去来する。

病弱な自分より、伊織の方が父の跡を継ぐのにふさわしいとずっと思ってきた。

そんな兄の気持ちを察し、伊織は他に夢があったのに、由弦のためにそれを諦めようとしている。

（僕は強くなりたい）

健康な体を手に入れるだけではない。伊織にあって自分にないものを得られるように、ここで努力しなくてはと思う。

「まっ、待ってくださいっ」

気が付くと、由弦は従者二人の後を追って駆け出していた。

振り返った男たちは、由弦を見てぎょっと目を見開く。

「ぼ、僕は藤波由弦といいます。昨日からここでお世話になっています。ら、乱暴なことは絶対にしませんので……ど、どうぞよろしくお願いします……っ」

息を切らせながら頭を下げる由弦に、男たちは唖然となった。

二人は黙ったままおざなりに礼を返すと、逃げるように立ち去った。

ふぅと息を吐き、部屋に戻る。

じきにコハルが湯呑が載った木盆を両手で持って、部屋に入ってきた。

「失礼、しますっ」

湯呑を落とさないように歯をくいしばって、獣耳をぴくぴくさせているところがとても可愛い。

コハルに続いて遠心が大きな急須を持って入ってきた。文机の上にその急須を置くと、コハルの持ってきた木盆を受け取ってそれも机上に並べる。

「由弦さんのお好きな、蜂蜜入り生姜《しょうが》湯です」

「ありがとう。コハルと遠心も一緒に飲もうよ」

「わぁ……一緒に……」

「湯呑をとってきます」

コハルがとたとたと走って、両手に自分と兄の湯呑を持って戻り、由弦の隣にちょこんと座った。

遠心は黙ったまま、急須を傾けて湯呑に注ぎ、由弦とコハルの前に置く。

「いただきます」

由弦は湯呑茶碗《わん》を手に取り、息を吹きかけながらゆっくりと飲んだ。生姜の香りと蜂蜜が混じり合い、喉に優しい。体の芯からぽかぽかとあたたまる。

「美味しい……」

思わずつぶやくと、同じようにふぅふぅと冷ましていたコハルがほっとしたようにはにかむ。

「このお茶、母さまが淹れたの」

「えっ、コハルのお母さんが？」

うん、とコハルが頷いた。

「どうりで美味しいんだね」

「えへっ、父さまと母さまは、この神殿の食事を担当していて、ボクたち家族は、あっちの建物に棲んでいるの」

　コハルは障子が開け放たれた窓から、外を指さした。神殿のそばに別棟が建っている。そこに従者たちが暮らしているようだ。獣耳を持つ神獣たちも、普通に両親がいる。なんだか身近に感じられ、由弦は頬を緩ませた。

　ふいに蓮の顔が浮かぶ。

「それじゃあ、この神殿は夜になると、蓮様ひとりで過ごすの？」

　夜が明けるまで、こんなに広い屋敷の中でひとりだと寂しいのではないだろうか。そう思って問うと、コハルはふるふると頭を振った。

「側近の大雅殿が、いつも蓮様と一緒にいるの。他にも、泊まりで警備する従者もいるし」

（それなら蓮様は寂しくないだろう）

よかったと由弦は胸をなで下ろした。

「由弦さん、お茶のお代わりは？」

無表情の遠心から聞かれ、由弦は緊張から無意識に背を張った。

「あ、ありがとう。それじゃあもらおうかな」

「ボクがするー、由弦さんの湯呑をこちらへ」

由弦はコハルの申し出に、空になった湯呑茶碗を差し出した。

遠心がこちらをちらりと見た。二人は赤毛と紅色の瞳が同じで、獣耳と尻尾の形もよく似ている。

「ふふふ、遠心とコハルはそっくりだ」

「……兄弟ですから」

ぽつりとこぼした遠心の隣で、コハルが明るく言った。

「ボクたちには姉さまもいるの。だけど昨年、別の庭園へお嫁にいってしまって」

「コハル、余計なことを申すな」

ぴしゃりと言い放った遠心の鋭い声に、びくっとコハルの肩が揺れた。

「ご、ごめんなさい、兄さま……」

しゅんと兎耳が項垂れるのを見て、かわいそうになり、コハルの小さな頭をそっと撫でた。

「あの、遠心……何か不機嫌な気がするけど、その……僕につくのが嫌なら蓮様にお願いしてみるけど……」

邪気を纏った自分のことが嫌いなのだろうが、蓮に命じられた立場上、本心は言えないはずだ。無理をさせるのは申し訳ないし、身の回りのことならひとりでなんとかなる。

そう思って提案したが、遠心は冷たい声音でぴしゃりと言う。

「別に、そのようなことはございません」

そんな遠心に、コハルが兎耳をピンと立てて、目をまたたかせている。

「兄さま、あのね、人間は怖くて乱暴というお話がありますが、由弦さんはボクを助けてくれた、優しい人です。それに蓮様の大切なお客さまです。だから兄さまも由弦さんに優しくしてください」

コハルがそう言い、にっこり笑うが、遠心の顔はさらに不機嫌さを増してしまう。

「――コハルは由弦さんのことが好きなんだな。オレよりも」

「へ？」

「オレは兄なのに」

拗《す》ねたように吐き捨てる遠心に驚いた。それは誤解だ。コハルが遠心を心から慕っているのは由弦の目から見ても明らかなのに。

「待って、遠心！　あのね……っ」

あわてて腰を浮かせる由弦を遠心が「黙って！」というような目つきで睨みつけてきた。その迫力に口をつぐむ。

「この話はこれで終わりです。用があるので失礼します」

遠心は由弦たちには目もくれず、板張りの回廊を歩いて行ってしまう。

きょとんとして兄の様子を見つめていたコハルが、急いで後を追いかけようとして立ち上がった。

その拍子に急須の中身をこぼしてしまった。

「あつ……」

運悪く由弦の膝にかかってしまい、熱さに思わず声を上げると、コハルがびっくりしたように口を大きく開けた。

「ご、ごめんなさい！　ど、どうしよう、由弦さんに熱いお茶を……や、火傷しちゃうっ」

パニックになったコハルが兎耳を震わせながら、「そうだ、水を！」と叫んで、部屋の隅に置いてある貯水桶《おけ》を両手で持ち上げた。

「由弦さん、お水！」

ばしゃっと頭から水をかけられ、一瞬呼吸が止まった。固まる由弦を見たコハルが、泣きそうな顔で詫《わ》びる。

「あっ、水、冷たかった……？　ご、ごめんなさい」

頭から濡れてしまい、滴る水に豪快なくしゃみが出た。

「くしゅん」

コハルが心配そうに両手で由弦の背中をさすってくれる。

「大丈夫だよ。でも……ぬ、濡れた服を着替えないと……」

「は、はいっ。すぐに！」

コハルはすぐさま桐のたんすを開け、着物を出した。

「えっと、こちらが着替えです。それから、手巾《しゅきん》です」

大判の手巾と着替えの単衣を置くと、コハルはすぐに、えいしょ、えいしょ、とかいがいしく布団を敷き始めた。

それが終わると、畳の上にちょこんと平伏する。

「ごめんなさい、由弦さん」

「いいんだよ。気にしないで、コハル」

火傷したと思って心配してくれたことはよくわかっている。由弦は手巾で濡れたところを押さえながら、安心させるようににっこりと笑った。

それでもコハルの瞳が心配そうに揺れている。

「ちゃんと着替えるからね。布団まで敷いてくれて、ありがとう。僕は大丈夫だから、遠心のところへ行って」

「本当にごめんなさい。由弦さん、風邪をひいては大変なので、どうか、あたたかくして休んでください」

深くお辞儀をしてコハルが退出した。

体を拭き終えて、由弦はやわらかな着心地の白色の単衣に着替えた。

コハルはとても優しい、いい子だと改めて思う。遠心もそのうち心を開いてくれるといい。

濡れただけだから大事には至らないと思うが、念のため体をあたためようと布団へ入った。

ふわりと軽く、雲のようにふわふわした布団は、お日様の匂いがしている。

（そうだ、僕、神様の庭園に来ているんだ。伊織は今頃、何をしているのかな）

そんなことを考えているうちに、うつらうつらと浅い眠気に誘われた。

「ん……」

どのくらい時間が経ったのだろう。欄間《らんま》から入るやわらかな日差しを見つめているうちに、目が覚めてきた。

「――由弦、体調はどうだ」

枕元に座っている人物の声に、あわてて上半身を起こした。

「蓮様！　あ……っ」

急に起きたせいでふらりと目眩がして倒れそうになる。その体を蓮に抱き留められた。

「大丈夫か？　驚かせたようだな」

蓮に会うのは昨日この部屋に案内されて以来だ。

蓮を見た途端、言葉では言い表せない深い安堵を覚える。

「コハルが心配していた。熱い茶と冷たい水の両方をかけてしまったと」

窺うような蓮の視線に、由弦は努めて明るく「大丈夫です」と首を振った。故意にしたわけではないし、コハルはよく尽くしてくれた。

「かいがいしくお世話をしてくれたコハルに心配をかけてしまいました。僕、寝てしまったようですみません」

「寝ることは健康によい。結界を越えて庭園に入った疲れもあるだろう。顔色はよいようだ」

確かに、昨日まで感じていた喉の痛みが治まっている。ここに来るまで悩まされていた咳も出ていない。やはりこちらの空気は由弦の体に合うようだ。

「無理をしてはいけない。少しずつ、庭園の生活に慣れていけばよい。住人も由弦と過ごすうちに理解してくれるはずだ」

「はい、蓮様」

話している途中で、おなかがぐぅっと鳴ってしまい、羞恥《しゅうち》で顔が熱くなった。

「軽く何か食べるか？」

そう言えば、環境の変化のせいか、今日の朝食はあまり喉を通らなかった。

蓮の提案に赤い顔を伏せるように頷くと、彼は控えていた見覚えのある華奈という女性へ「例のものを」と指示を出した。

彼女はじきに膳を運んできて由弦の前に置き、一礼して部屋から辞した。

膳の上に載った器に、見覚えのある半透明の菓子が盛られている。

「これは……わらび餅？」

身を乗り出すようにして器の中を眺める由弦に、蓮が目を細めて首肯する。

「そなたの好物だろう？」

「ど、どうして」

わらび餅は由弦の大好物だが、なぜ知っているのか。目をまたたかせる由弦に、蓮は「いいから食べなさい」と促す。

「いただきます」

勧められるまま、器に添えられた竹楊枝で、きな粉がかけられたわらび餅を口に運ぶ。

「……美味しいです！」

重乃屋のわらび餅も美味しいが、それより弾力があり、きな粉の風味とつるりとした食感に思わず声を上げた。

「よかった。それは由弦に食べさせたくて、作り方を料理担当の露無《ろむ》に聞いて、作っておいたものだ」

「えっ、蓮様が……？」

手を止め、器の中を改めて見る。

蓮自らの手で作ってもらったわらび餅。それを思うと見慣れたそれも特別な食べ物に見えてくる気がする。

自分にここまで気を配ってくれる蓮に、居住まいを正して感謝の意を表す。

「蓮様、僕のために本当にありがとうございます」

「礼はよい。もっと食べなさい」

「はい……」

ありがたくいただく。美味しくて、気づくと器のわらび餅をすべて食べてしまっていた。そんな由弦を見つめ、蓮が満足そうな表情を浮かべる。

「庭園は広い。まだ案内しきれていない場所もある。散歩でもして、昼餉《ひるげ》のために腹を空かせよう」

そう言うと、引戸を開けて控えていた華奈に膳を下げるように伝えた。

由弦は白色の単衣の上にコハルが用意してくれていた琥珀《こはく》色の羽織物を着る。

準備が整うと、蓮が由弦の手首をそっと摑んだ。

「やはりそなたは和装がよく似合う。さあ、行こう」

そのまま引っ張られるようにして回廊を歩いて行くと、向こうから大股で歩いてくる男がいた。側近の大雅だ。

「蓮様、お出かけでございますか」

「ああ、散歩に行ってくる」

「さようで……な、なんと！」

大雅の顔が一点を見つめて強張っている。その視線は、由弦の手首を握っている蓮の手を凝視していた。

「さ、散歩とおっしゃいましたか？　お二人だけで？」

低い声で問う大雅に、蓮が静かに答える。

「ああ、そうだ。由弦に庭園内を案内したい」

大雅は目を剥いた。

「そのようなことは、遠心やコハルに任せればよろしいでしょう。わざわざ蓮様が案内などなさらずとも……」

「そう言うな」

大雅の言葉を遮り、蓮が飄々《ひょうひょう》と告げて歩き出す。回廊を抜け、正面扉の前で待機している従者が蓮を見て、深く頭を垂れた。

引かれるままついていく由弦の存在に気づくと、彼らは蓮の手が絡まった手首を見つめて大雅と同じように目を丸くした。

彼らの視線を一身に集めてしまったことと、蓮の手の感触に、由弦は羞恥を感じて動揺していたが、蓮があまりに堂々としているので、何も言えなかった。

「――庭園内は人間界に合わせて春と秋の二季がある」

「そうなんですか？」

ということは冬と夏はないのか。桃色に染まる桜と真っ赤な紅葉を思い描いているうちに周囲は緑に取り囲まれ、やわらかな風が由弦の髪を躍らせた。

「気持ちいい……穏やかな風も気候も、庭園内はとても過ごしやすいです」

庭園内は今、秋なのかもしれない。一月の青元村の寒さを思うととてもありがたい。

「ゆっくり養生するといい。道は舗装されていないから、転ばないように気を付けて歩いてくれ」

土の道には小石などがあるせいか、由弦を気遣うように摑まれた手首に力が入る。

（――優しい人だ）

ありがたいと思っているうちに、由弦の頬が緩んでしまう。

「そうだ。蓮様……どうして僕が、わらび餅を好きだとわかったんですか」

「いつだったか、青元神社の境内で由弦がわらび餅を美味しそうに食べているところを霊鏡で見たことがあった」

「そうですか……」

そんなところを見られていたなんて。間抜けな顔をしていなかっただろうか。恥ずかしさが込み上げてくる。

ふいに周囲の雑木林からチチチと小鳥が鳴いている声が聞こえ、由弦は深く息を吸い込んだ。

「あぁ、空気が……美味しいです」

目の前に広がっているのは深緑色に聳える山々と、その手前に見える草原と池の美しい自然だ。

しばらく行くと畑が見え、何人かの獣人たちが作業をしていた。

また何か言われるかもしれないと肩に力が入ったのを見て、蓮が安心させるように言う。

「コハルと神殿の食事を担当している彼の両親だ」

鍬《くわ》を使って畑を耕しているようで、由弦たちに気づいたコハルが大きく手を振った。

「蓮様――、由弦さん――」

そばに行くと、コハルが由弦に飛びついた。

「由弦さん、さっきは本当にごめんなさい。体冷えたりしなかったですか？」

「大丈夫だよ。コハル」

心配そうなコハルの緋色の髪を優しく梳《す》く。

その様子を兎耳と尻尾を持った両親らしき男性と女性が見守っているが、由弦の黒色の気配に気づいて、ちらちらと不安そうに顔を見合わせ、小声で「人間だ」と囁き合っている。

だが、蓮が一緒にいる手前、何も言い出せずにいるようだ。

「露無、藤里《とうり》、収穫か。ご苦労だな」

蓮が声をかけると、コハルの両親は由弦を気にしつつも「はい、今日の昼餉と夕餉をお楽しみになさってくださいませ」と頭を下げた。

コハルが木籠を指さす。

「見てー、蕪《かぶ》と人参がたくさん獲れたの。それからサツマイモも、ほら、こんなに」

木籠を覗いて、由弦は目を輝かせた。人参も蕪もサツマイモも大きさはまちまちだが、どれも新鮮そうで色つやがいい。

「立派な野菜だね。すごく美味しそう」

「でしょ！　父さまと母さまが育てた野菜だもん」

小さな胸を張り自慢げに語るコハルと一緒に、由弦も畑を見つめる。

「……あそこの一帯、ちょっと雑草が生えているね」

「ん、草？　あ、本当だ」

由弦はコハルの両親と話している蓮に断りを入れる。

「蓮様、少し草抜きをしてもいいですか？」

「ああ、構わない」

快く言う蓮にほっとし、由弦はコハルの頭にぽんと手を置いた。

「よし、草抜きをするよ。毎日、境内の草を抜いてるから名人なんだ」

「由弦さん、草抜き名人なの？　すごいー」

明るく笑うコハルが由弦の横にしゃがんで、二人で一緒に草抜きをする。勢いをつけすぎたのか、草を抜こうとしたコハルが、後ろへころんと転んでしまった。

「抜けたっ」

草が抜けて喜ぶコハルを見て、由弦も笑顔で畑の中の雑草を抜いていく。

「そうだコハル、遠心は一緒じゃないの？」

由弦が尋ねると、コハルは両手で草を引っ張りながら答えた。

「兄さまはご用があるって言ってた……よいしょっ」

つるっと手が滑って、コハルはまた尻もちをつく。

その様子に蓮が口元をほころばせ、コハルの両親へ声をかけた。

「露無、藤里、美月《みつき》はどうしている？」

コハルの両親はその問いかけに姿勢を正した。

「はっ、お気遣いくださりありがとうございます。美月は忙しいようで、手紙の返事がなかなか返ってこないのです」

「そうか――」

蓮が眉根を寄せているのを見てか、コハルの両親は明るい声音で話題を変えた。

「蓮様、今日の昼餉は弟子の市博《いちひろ》が担当しましたが、夕餉はわたしが蓮様のお好きな野菜をたっぷり使った料理を用意いたします」

「ああ、それは楽しみだ」

蓮が目を細めて、由弦へ声をかける。

「由弦、庭園内を案内する」

「はい、それじゃあ……」

由弦はコハルと両親に頭を下げた。

コハルが「またねー」と手を振っているが、両親は無表情で由弦を見つめた後、蓮の方に向かってお辞儀を返した。

その対応に気づかれない程度の息をつき、蓮についてゆっくりと畑を抜け、池のそばを並んで歩く。

まだ二日目だ。蓮もそのうち理解してくれると言ってくれた。焦らずゆっくりいこう。

「気持ちいいです、すごく」

湖面が日の光を反射して眩しい。新緑の中で心地よい風に吹かれると、先ほどのコハルの両親のそっけない態度もだんだんと薄れ、清々しい気持ちになった。

「由弦――」

ふいに足を止めた蓮が、由弦の手を取り、重ねるようにした。

大きく目を見開いた由弦の顔が、燃えるように熱くなる。

「あ、の……蓮様？」

動揺している由弦の手を、蓮がそっとはたいた。

「手が汚れている。先ほど草抜きをしたせいだろう」

両手の土が乾いて白くなっている。それを蓮が丁寧に払ってくれた。

「あ……、すみません、汚くて……」

何も蓮に触れられるのは初めてではない。それなのに、そのたびドキドキして落ち着かない気持ちになる。

それはなぜだろうと考えていると、蓮が胸元から小さな手鏡を取り出した。ちらりと見えた鏡面に大雅が筆で『昼餉』と書いた紙を持った姿が映っている。

「由弦、そろそろ神殿に戻ろう」

「は、はい」

頷くと同時に軽々と体を抱き上げられて、驚きのあまり目を白黒させる。

「え、あ、あの……」

「大雅は昼餉の時間にうるさいので急ぐ。そなたが転んではいけないので、抱いて行く。じっとしていなさい」

結界を抜ける時も横抱きにされたが、蓮との距離にじわじわと心拍数が速くなり、触れ合う逞しい体にじわりと目頭が熱くなる。

(僕は、どうしてこんな気持ちになるんだろう……?)

蓮は、由弦を抱いているとは思えない軽々とした身のこなしで足早に歩いた。

心臓の音が聞こえてしまうのではと心配になるくらい鼓動が大きく、心が掻《か》き乱され、由弦はそれを知られないように、唇を噛みしめてできるだけあらぬ方を向いていた。

内心で狼狽《うろた》えている間に神殿へ帰り着いた。門にいる従者に両開きの扉を押し開けられ、回廊でようやく下ろされる。

「あ、ありがとうございました。お、重かったでしょう……?」

喉の奥に言葉が詰まり、あえぐように呼吸をすると、蓮が笑みを返してくれた。

「案ずるな。そなたは全然重くない。もう少し食べた方がいいだろう」

蓮の指先が由弦の前髪を後ろに流すように動く。

その動きに、胸の奥がずくんと疼《うず》くように痛んだ。

「あの、僕、て、手を洗ってきますね」

蓮の美麗な仕草が急に艶めいて見え、由弦はその場を逃げるように走り出した。

（お、落ち着かないと……）

「由弦殿」

「は、はいっ」

回廊の奥にある貯水桶で手を洗っていた由弦は、声をかけられて素早く振り返った。そこには華奈が立っていた。

「昼餉の支度ができましたので、こちらへ――」

手巾で手を拭きながら、笑顔で頭を下げる。

「ありがとうございます、華奈さん」

名前を呼ばれた華奈は「いいえ、仕事ですので」とそっけなく言ったが、最初の頃より多少表情がやわらいでいるように感じる。

「蓮様はいつも大雅殿と昼餉を召し上がります。今日から由弦さんもご一緒にと蓮様がおっしゃっていました」

回廊を渡って華奈に案内されたのは奥の間で、扉を開けると蓮と大雅が着座していた。

隣にいた大雅が由弦を見て、思い切り眉を上げる。

「なぜ由弦殿が……」

「ああ、そうだ。今日から由弦も一緒に食事を摂ってもらおうと思っている」

「なんですと！」

大雅が目を剝いて立ち上がった。

「わたくしが蓮様と食事を共にするのにどれほどの年月がかかったとお思いですか！　わたくしが長年かかって得られた蓮様の信頼を、由弦殿はあっという間に飛び越えてしまうおつもりですか！　それなら、わたくしは自室でひとり寂しくいただきますので！　失礼いたします！」

叫ぶように言う大雅に、蓮が驚いている。

「大雅、落ち着け。一体どうした？」

「わ、わたくしは、わたくしは……っ」

わなわなと震え出した大雅は胃が痛むようで、鳩尾《みぞおち》のあたりを押さえながら唇を嚙みしめた。

由弦は何も言えず、大雅を見つめてそっと眉根を寄せる。

（大雅さんは、蓮様に深く傾倒している……）

側近だという大雅は蓮と二人で昼餉を摂ることを誇りに思ってきたのだろう。それを邪魔するなんて、由弦にはできない。

「あの、僕は自室でいただきます」

「由弦……」

蓮の何か言いたそうな眼差しに、居たたまれずに顔を伏せてしまう。

「失礼します」

そこで扉が開き、コハルが父親の露無と一緒に漆《うるし》塗りの膳を運んできた。

「お待たせしました、昼餉は牛蒡《ごぼう》と人参の金平《きんぴら》、味噌汁、鯖《さば》の味噌煮でございます」

露無が蓮と大雅の前に丁寧に膳を置き、コハルと共に腰を上げた。

「由弦さんの膳も、すぐに持ってきますね」

急いで部屋を出ようとするコハルの肩にそっと手を置き、止める。

「もしよかったら、僕は……できればコハルと一緒に食べたいのですが」

その申し出にコハルが「わぁ、うれしい」と喜び、露無が蓮の方へ窺うような視線を向ける。

「由弦の言う通りにしてやってくれ」

「はい」

露無が蓮に一礼して下がった。茶を置いたコハルもぺこりとお辞儀をして、父の後について部屋を出る。

「それでは、僕も失礼します」

「……」

大雅は胃を押さえたまま、由弦を見つめている。

由弦はそんな大雅に笑みで応え部屋を辞すと、露無とコハルのいる厨房にお邪魔した。

「あの、露無さん。次から、僕も手伝います。なんでもおっしゃってください」

少しでも庭園の手伝いがしたくてそう言うと、露無が驚いた顔で由弦を見つめ、コハルは心配そうに小首を傾げた。

「お手伝い？　でも、由弦さんはコンコンと咳が」

「咳は出なくなったよ。ありがとう、コハルが淹れてくれた蜂蜜入りのお茶のおかげだ」

「よかった！　由弦さん、おなかが空いたでしょ。ボクはいつも食堂で食べているの。こっちだよ」

厨房横に板敷きの間があり、その隣に広い畳の部屋があった。卓が置かれて、コハルの母親の藤里が昼餉を並べている。

「母さま、由弦さんも一緒に食べるって」

コハルは嬉々として大きな声を出すが、藤里は由弦を見て眉をひそめた。

「……あなたは、人間ですよね……」

「はい、藤波由弦といいます」

由弦の気を見て何か言いたそうな藤里の割烹着《かっぽうぎ》を、コハルが握った。

「母さま、由弦さんの気は真っ黒だけど、とっても優しいよ。溺れたボクを助けてくれたの」

「コハル……でも遠心が言うには、この人のせいで池に落ちたと……」

「違うの。由弦さんは悪くないから」

懸命に由弦を庇うコハルに、藤里は露無と顔を見合わせた。

「ずいぶんとコハルが懐いているようね、あなた」

「うむ……」

腕を組んだ露無は渋面だ。

話している途中で、厨房の匂いに反応した由弦の腹が、きゅるると大きく鳴って、その場にいたみんなが目を見開いた。

「す、すみません！」

真っ赤になった由弦が腹を押さえて頭を下げると、藤里が吹き出した。

露無も首筋を撫でながら、下げていた口元に笑みを浮かべている。

「とにかく、昼餉を食べてください」

「由弦さん、ここに座ってー」

コハルが隣に座布団を用意してくれたので、遠慮気味にそこへ座ると、露無が盆に料理の皿を載せて持ってきた。

賄い食の風呂吹き大根と青菜とじゃがいもの味噌汁、ほうれん草の胡麻和《ごまあ》えが卓に並ぶ。

なんとなく話が途中になってしまい、窺うように露無に視線を向けると「どうぞ」と言うように手のひらを向けられた。それを見て、そっと両手を合わせる。

「ありがとうございます。いただきます」

合わせ味噌と出汁の味噌汁をすすり、素朴な風味とまろやかな味に由弦は目を細めた。

「……ん、すごく美味しいです！」

「父さまと母さまは、神殿の厨房を任されているの」

「どうりで美味しいはずですね」

食べ始めは周囲の空気を見ながら慎重に箸を進めていたが、言葉通りどの料理も美味しくて、自然と箸が動いてしまう。

笑顔でぱくぱく食べる由弦とコハルを見て、露無と藤里はうれしそうだ。

自然な流れで、大きな卓にコハルの両親も座り、藤里が淹れた茶を四人で飲んだ。座があたたまり、由弦はきれいに食べ終えると、「御馳走《ごちそう》さまでした」と手を合わせる。

「――なんで由弦さんが食堂で食べているんだよ」

榛《はしばみ》色の直垂姿の遠心が入ってきた。

「遠心、手伝いもしないで、朝から一体どこへ行っていたんだ？」

露無が声をかけると、遠心は口元を引き結んで顔を背ける。

「まあまあ、あなた、遠心にも用があるでしょうし、いいじゃありませんか。遠心、昼食は？」

藤里が夫の腕に手を置いて、遠心へ笑顔を向ける。

「いい、食べたから」

「おい遠心、どこで食べたんだ？」

露無が追及すると、遠心はもごもごと口ごもった。

コハルが急須を両手で傾け、湯呑に茶を注ぐ。すると、遠心の表情が少しだけほころんだ。

「兄さま、お茶をどうぞ」

「コハル、ありがと。それで、蓮様の客人の由弦さんが、なんで食堂で食べてるのさ」

「蓮様は大雅さんと食べているから……」

由弦が答えると、遠心がにやりと笑った。

「由弦さんってすごいな。大雅殿にも嫌われているんだ。それだけ漆黒の気を持っていたら仕方がないけど」

嘲《あざけ》りを含んだ言い方に食堂内の空気に緊張が混じる。

コハルが何か言いかけたが、口を閉じてうつむいた。自分より由弦の方が好きなのかと遠心が言ったことを思い出し、加勢ができなくなったのだろう。

露無と藤里も黙っている中、遠心がさらに不機嫌さを隠そうとしない声で由弦に言い放つ。

「よく庭園に来たよね。体が弱いからってここに来たらしいけど、こっちにしてみれば迷惑でしかないよ。みんなから嫌われているのがわからないのかな」

遠心の心ない言葉に、ぐっと息を詰める。

（確かに僕は……たくさんの人から疎《うと》まれてきたのかもしれない……）

喘息のせいで、周りに多くの心配と迷惑をかけてきた。皆、優しく気遣ってくれたが、中にはそんな病弱な由弦を煩わしく思い、嫌悪していた人もいただろう。

由弦と違って健康に生まれ、まともに風邪をひいたこともない、明るくて誰からも好かれる伊織のことを、うらやましいと思ってきた。

自分にも健康な体があれば、あんなふうに屈託なく人と接することができるのに、と。

人に気を遣わせず、疎まれることもなかったのに、と。

（でも……うらやんでいるだけじゃ駄目だ）

伊織には夢があり、兄としてその後押しをするためにも、由弦本人が逃げていてはいけない。

青元神社を守ってくれている蓮の力になるためにも、弟の夢を応援するためにも、父の跡を継ぎたい。

そのために、一歩一歩、頑張るしかないのだ。

心の中で自分を叱咤し、小さく唾を飲み遠心を見つめ返した。

「僕にも大切な弟がいるんだ。心配をかけてばかりで、兄らしいことなんて何もしてやれなかった。だからここで過ごさせてもらうことにした。迷惑かもしれないけれど、僕は弟のためにも強くなりたい。だから少しの間、ここに居させてほしい」

中傷を受け流しここに来た目的を正直に話す由弦に、遠心は当惑した目を向け、様子を見守っていた露無と藤里が互いに向き合う。

それから、藤里がそっと口を開いた。

「私たちが四百年前に会った人間は、それは恐ろしかったのです。漆黒の気を纏い、刀を振り回して斬りつけてきて……でも由弦さんは違うわ。とても穏やかな顔つきをしているもの」

「そうだな、さすが蓮様が招待した人間だ」

同意した露無が、左手の甲をそっとさすっている。そこには白くなった刀傷があった。

「同じ青元村の人間として、四百年前の不始末をお詫びします。お怪我をされたそうで……」

由弦が眉を下げて顔を伏せると、二人ともひどくあわてた。

「何を言うんだ。由弦さんは何も悪くありませんよ」

「そうですわ。コハルを助けてくださったそうで……あの人間とは全然違うのに私たちったら……」

理解を示す両親を見て、コハルが甘えるように由弦にしがみついた。

「由弦さん、よかったね……っ」

遠心は不機嫌な顔で黙ったまま、座布団に座って茶を飲み始める。

「コハルが淹れたお茶、うまいな」

つぶやいた遠心に、コハルが「兄さまー」とそばに寄っていく。ようやく遠心が笑顔になった。

遠心と心を通わせるには、まだたくさんの時間が必要だろう。それでも、コハルに向ける笑顔を自分にも向けてもらうことが、全くの不可能ではない気もする。

（必要以上に怖がることはないんだ。わかってくれる人はいる……）

遠心とコハルを見て、改めてそう思った。

少しして、華奈が漆塗りの膳を両手に持って、洗い場へ下げに入ってきた。

「失礼します。蓮様と大雅殿のお食事が終わりました」

「ああ、お疲れ。蓮様、何かおっしゃっていたか？」

露無が膳を受け取りながら訊いた。

「蓮様も大雅殿も、全部食べられました。美味しかったとおっしゃっていましたわ」

「ああ、よかった」

露無と藤里が笑顔で胸をなで下ろす。先ほど畑で昼食は弟子が担当したと言っていたので出来が心配だったのだろう。

「蓮様の御様子は、何も変わりはなかった？」

藤里が尋ねると、華奈は渋い顔で首を横に振った。

「それが……西南西の庭園からのお届けものがあったそうで、大雅殿と難しいお顔でそのことについてお話されていました」

「そうか、また奈流比古様が何か因縁をつけてきたのかもしれないが……まあいい。華奈も食事にしてくれ」

露無が促すと、華奈が盆に食事を盛りつけ、卓の空いている席に座った。彼女はコハル一家と親しいようで、コハルへ気さくに話しかける。

「コハルちゃん、美月ちゃんから手紙は？」

「ううん、半年前に届いたきり。まだだよ、華奈さん」

「そう……あたしのところにも美月ちゃんから連絡がないの。心配ね」

どうやら華奈はコハルと遠心の姉の美月と仲がよかったようだ。

「美月さんは、西南西の庭園にいるの？　庭園ってたくさんあるの？」

尋ねる由弦に、コハルが答える。

「うん、姉さまが嫁いだ奈流比古様の庭園のことを西南西の庭園って呼んでいるの。庭園はたくさんあるよ」

　コハルの言葉を藤里が引き取った。

「現世で歴史のある神社はそれぞれ守り神がいて、里人を見守るため庭園を持っているんです。庭園同士の交流も盛んで、美月は縁あって西南西の神殿に仕える方の元へ嫁ぎました。でも、奈流比古様と蓮様が不仲のせいか、なかなか会いに行けなくて。手紙もあまりこないんです」

「蓮様が不仲……？」

　思わず聞き返した。

　蓮は優しく鷹揚《おうよう》としていて、神殿内の従者から好かれているはずだ。そんな蓮が誰かと不仲になるということが想像できなかった。

「奈流比古様って、どんな方なんでしょうか……」

　由弦が訊くと、露無が気まずそうに眉尻を下げた。

「奈流比古様は山陰地方の西部の里の守り神をなさっている方で、気性が荒く偏屈《へんくつ》な神だと噂があるのです」

「偏屈？」

　露無が頷きながら説明する。

「蓮様はあの通り、誰からも慕われる性格のお方なので、奈流比古様とも最初は親しく交流をお持ちになっていました。奈流比古様はこの庭園にもよく顔を出されていたし、蓮様も西南西の庭園へよく出向いておられました。わたしたち従者同士も交流があり、美月もそれで奈流比古様の従者と知り合い、結婚したのです。ですがいつ頃からか、仲たがいをされたようで、時々届け物があるだけで、奈流比古様の姿を滅多に見なくなった。何があったのか、側近長の大雅殿なら詳しいことをご存知だと思うのですが決してお話しにはならないので、わからないのです」

コハルが湯呑を両手で持ってこくりと飲み、ぼんやりと宙を見つめてつぶやいた。

「姉さま、お元気かな。ボク、姉さまに会いたいなぁ」

「本当に……美月ちゃんからの手紙が半年もないなんて。元気でやっているのか心配だわ」

華奈もため息を落とす。

由弦は心の中で繰り返した。

（西南西の庭園……奈流比古様）

食事の後片付けを手伝って、由弦は食堂を辞した。

自室へ戻ろうと回廊を渡っていると、大雅が奥から姿を見せた。蓮の部屋から戻ってくる途中のようだ。

由弦に気づくと、大雅は足を止め、渋面を向けた。

「由弦殿、昼餉はどちらで食べたのでございますかな」

「食堂でいただきました。心配してくれてありがとうございます」

うっすらと大雅の顔に朱色が上り、ぷいっと顔を背けた。

「わたくしは由弦殿のことなど、かけらも心配しておりませんから。昼餉だけはわたくしと蓮様の二人でずっとずっと、それは長い間二人だけで食べてきたのでございます。部屋から出て行ってもらったのは当然のこと！」

「わかりました」

奥の間で怒鳴られた時は驚いたが、大雅が蓮に心酔する気持ちは十分理解できる。蓮は周囲を崇拝させる厳かな雰囲気を纏っているからだ。

素直に聞き入れると、大雅は眉間に皺を刻んで由弦を見た。

「……意外と素直なんですね。全く、そんなところも似ていらっしゃる」

ぼそぼそと口の中で悪態をつく大雅の言葉はよく聞き取れなかった。

その時、露無の言葉が鼓膜によみがえった。

――何があったのか、側近長の大雅殿なら詳しいことをご存知だと思うのですが。

蓮と不仲だという西南西の庭園について、大雅は詳細を知っているのだろうか。

「あの……西南西の庭園のことで、お聞きしたいことがあります」

大雅がどこかぎょっとしたように顔を強張らせ、目をまたたかせた。

「西南西の庭園のことを誰に聞いたのでございますか？」

「昼餉をいただいている時、コハルのお姉さんの美月さんが、西南西の庭園に嫁いでいるという話になって……」

大雅が「ああ」と納得したように顎に手を当て、小さく息をついた。

「その美月さんに連絡が取れないと、コハルたちが心配しています。できれば美月さんの様子をご両親やコハルや遠心に伝えてあげたいと思って」

「うーん、それは難しいでしょうね」

きっぱり言われて、由弦は戸惑った。

向こうから手紙がこなくても、こちらから様子を窺う手段は何かないのだろうか。

感情が顔に出やすいようで、大雅の眉が困ったように大きく下がった。

「いいですか、由弦殿。神社には神域があります。それぞれ守り神が結界を張り、その中で霊力を使って里を守っているのでございます。当然のことだと思っているのかもしれませんが、里人は神に守られているのです」

由弦は深く首肯する。神社の後継として、そのあたりは理解しているつもりだ。

「守り神たちは互いの神域を訪ねる場合は連絡し、許可を得れば問題なく出入りできます。だが、蓮様と奈流比古様はいろいろあって、今はその、多忙で何かと難しく……」

大雅の言葉は歯切れが悪く、声が小さくなっていく。やはり蓮と奈流比古の不和は真実のようだ。

そうなるとなぜ二人の仲に亀裂が入ったのか。そこがわかれば西南西の庭園とのやり取りもうまくいくのかもしれない。

「蓮様が奈流比古様と不仲になったのは、どうしてですか……？」

「知りたいのでございますか」

「はい」

大雅の水色の双眸を見つめて言い切ると、彼は由弦から視線を逸《そ》らせて呻くような声を上げた。

「うーん、困りました。あのことは、青元神社の後継である由弦殿にも関係のある話……いや、勝手に話したりはできませんがね！」

「えっ、もしかして、藤波の家と関係があるんですか？」

どういうことだろうと目をまたたかせる。答えを求めるようにじっと大雅を見つめると、一心に注がれる視線に根負けしたように大雅が口を開こうとした。

その瞬間、低い声が鋭く回廊に響いた。

「大雅、そのことは話してはならないと伝えていたはずだ」

大雅と由弦がそろってびくりと顔を上げると、いつの間にか蓮が回廊の柱に背を預け、腕を組んで立っていた。

白銀の長髪が風に揺れ、蒼色の双眸に悲憤《ひふん》にも似た色が浮かんでいる。

「れ、蓮様、わたくしは何も申しておりませんから！」

大雅があわててそう応え、口早に「失礼します」と一礼して、忙しく回廊を渡って行く。

残された由弦は、蓮の表情や声音から発せられる怒りを全身で感じ、身動きができなくなった。

「由弦、私のことで知りたいことがあるのなら、人づてではなく私に直接訊くように」

蓮の冷たい口調に、こくりと喉が鳴る。

「す、すみませんでした。ぼ、僕は奈流比古様のことを知りたくて……よかったら教えてくださいませんか？」

お願いします、と頭を下げるが、蓮の表情は固いままだ。

「由弦」

「はい」

「私と奈流比古は以前、揉《も》めたことがあった。だがそのことは由弦が知らなくていいことだ。なぜそのようなことを知りたがる？」

由弦がコハルから聞いた美月のことを詳しく説明すると、蓮は「なるほど」と頷いた。

「そなたの言いたいことはわかった。美月からの文を届けるようにと西南西の庭園へ連絡しておくゆえ、案ずることはない」

低音でそう言う蓮は、難しい顔をしながらも、どこかつらそうな表情をしているようにも見えた。

（蓮様は、仲たがいしている奈流比古様のことに触れられたくないみたいだ。連絡は互いに取り合うことができるようだけど、一体どうして不仲に？）

　できるならその理由を知りたいと思う。

　それに大雅は、奈流比古と蓮の不仲が青元神社と関係があるようなことを言っていた。

　そこで由弦は、はたと思い至った。山陰地方の西南西に奈流村《なるむら》神社という神社があるのを思い出したのだ。

「あの、西南西の庭園って、もしかして奈流村神社の守り神の庭園のことですか？　その神社の宮司は牧村《まきむら》さんといって、父が親しくしている方です。青元神社へ戻ったら、僕の方から何か力になれることがあるかもしれません」

　奈流村神社は青元神社よりさらに古い歴史を持つ神社で、牧村家が代々、宮司を務めてきた。それに同じ山陰地方の神社ということで、昔から交流がある。

　少しでも蓮やコハルたちの力になれたらと思ったのだが、由弦の提案を受け取るどころか、咎《とが》めるような口調が返ってきた。

「由弦、そのようなことはしなくてよい。奈流比古と一切関わってはならない。そなたには関係のないことだ。よいな？」

　叩きつけるように鋭く言われ、由弦は目を見開いた。

蓮の双眸が怒りの炎を帯びている。彼の怒気に気圧《けお》されながら、由弦は腰を折るようにして深く頭を下げた。

「も、申し訳ありませんでした」

うつむいたままの由弦の視界に、蓮がくるりと踵を返すのが見えた。

顔を上げた時には、蓮の姿は奥の間へと消えてしまっていた。

由弦は肩を落としたまま、しばらく蓮が立ち去った回廊を見つめた。

（余計なことを言って、蓮様を怒らせてしまった……）

「ごめんなさい……」

小さな声で謝罪し、由弦は重い足をひきずるようにして自室へ戻った。

＊＊＊

由弦は窓を開けてやわらかな日差しを受けながら、小さく息をついた。

窓の外には緑の山々や美しい花が咲き乱れているが、気持ちは落ち込んだままだ。

あれから二日。先日の怒った蓮の顔が脳裏から離れず、眩しい景色に背を向けるように窓際に力なく座り込む。

（蓮様……）

優しい彼をあんなに怒らせてしまった。彼はあれから、由弦に会いに来てくれない。

余計なことを言った自分に対して、情けなさが込み上げてくる。誰にだって触れられたくないことのひとつやふたつはあるだろう。それにも気づけずに無闇に首を突っ込んだ自分の配慮のなさに泣きたくなる。

（もしかしたら嫌われてしまったかもしれない……）

自己嫌悪でさらに落ち込みながら項垂れるように畳を見つめていると、小さな足音が近づいてきた。跳ねるような足音が止まる。コハルだ。

「由弦さん、失礼します」

由弦はあわてて顔を上げ、大きく息を吸って明るい声を出した。

「どうぞ」

扉を開けたコハルは本を小脇にかかえ、そばに駆け寄ってくる。

「このご本を一緒に……あれっ、由弦さん、なんだか元気ないね」

コハルに見抜かれて、由弦は瞳を揺らし、なぜそう思うのかと尋ねた。

「だってすごく落ち込んだ顔しているから。何かあったの？」

「僕、余計なことを言って、蓮様に叱られたの」

「はぅ……」

元気づけようと思ったのか、コハルが本を置いて、ぎゅっと由弦にしがみついてくる。

白く長い兎耳が頬を優しく撫で、やわらかな体から伝わるあたたかさに、由弦は脱力するように深く息をついた。

「元気を出して、由弦さん。ボクがついているからね」

コハルの心音が由弦に伝わる。トクトクと刻まれるその力強い音に目を閉じた。

「ボクも父さまや母さまから叱られることがあるよ。でも、謝ったら許してくれるの」

「うん、コハル……」

落ち込んで自分の殻に閉じこもるのは、由弦の悪い癖だ。悩み続けても答えが出たことはなかった。

こんな時こそ、前を向かなければならない。

（うじうじ悩んでいないで、ちゃんと蓮様に謝ろう）

大きく深呼吸すると、ゆっくりと姿勢を正した。そんな由弦をコハルが笑顔で見上げてくる。

「あっ、由弦さん、元気になったー」

「コハルのおかげだよ。僕、蓮様に会ってくる」

もう一度、ぎゅっとコハルを抱きしめる。コハルはうれしそうに頬を緩ませ、しかし次の瞬間には引きつけられるように窓の外を見た。遠くに藤里がいる。

「母さまが中庭で花を摘《つ》んでる。ボク、お手伝いしてくるね。由弦さんと本を読もうと思ったんだけど、またね」

持ってきた本を小脇にかかえ、コハルが手を振って部屋から出て行った。

「コハル、ありがとう。よし、蓮様に会いに行こう」

立ち上がった刹那、扉の向こうで「由弦」と蓮の声が聞こえて驚いた。

「れ、蓮様？　ど、どうぞ」

由弦のいらえに、すっと扉が開き、蓮がゆっくりと室内へ入ってきた。

由弦はぐっと奥歯を噛みしめ、畳の上で平伏する。

「れ、蓮様、先日はすみませんでした。余計なことを言ってしまって」

「いや……私も言いすぎた。他の庭園へ出向く用があって、なかなか会いに来られず気になっていた。そなたが落ち込んでいるのではと――」

静かな蓮の声に、胸の奥から申し訳ない気持ちが込み上げてきた。

（蓮様は、僕のことを心配して、様子を見に来てくれたんだ）

よく考えれば、奈流比古と仲たがいした理由なんて、訊かれたくない内容に決まっている。それにどうしても知りたいのなら彼が言ったように、蓮本人に尋ねるべきだった。

自分の浅はかさを恥じて由弦は項垂れた。

叱られて当然なのに、彼は由弦の心配までしてくれている。その温情がありがたくて顔を上げられずにいると、元気づけるように髪をくしゃくしゃと撫でられ、その行為に目の縁が潤んだ。

「本当に、す、すみませんでした……」

思い出したくない過去を蒸し返してしまった可能性もある。考えれば考えるほど自分の不躾《ぶしつけ》な言動が悔やまれる。

申し訳ない気持ちでさらに深く頭を下げると、撫でる動きが軽快なリズムに変わった。ぽんぽんと優しく叩かれ、蓮の手が離れる。

「もうよい。私の言い方も悪かった。由弦、また一緒に庭園の奥を散歩しよう」

「蓮様……」

まだ心苦しさはあるものの、彼の許しを得られたことで、それまでの失望感が霧散し、希望に満ちた気持ちが湧き上がるのを止められない。

（……どうして、こんな……）

彼の言動に一喜一憂するのはなぜだろう。

優しい沈黙が募り、奮い立つような甘苦しさに耐えかねた頃、従者が蓮を呼ぶ声が聞こえてきた。

「蓮様――」

すっと蓮が部屋の入口に立つ。

「私はここだ。何があった？」

「東南東の庭園の竜郎《たつろう》宗忠《むねただ》様より文が届いております」

「わかった」

蓮は由弦を振り返って小さく微笑んだ。

「それでは、由弦、また――」

「はい、蓮様」

蓮は足早に従者と回廊を渡って行く。

彼の後ろ姿を見送り、由弦は拳をそっと胸に当てた。

速まる鼓動と共に、じわりと熱い気持ちが全身を駆け抜けていく。

「蓮様……」

ぽつりとつぶやいただけで、胸が切なく締めつけられた。

5

さらに二日ほどが過ぎた。ここに来て六日、庭園の澄んだ空気の中で、由弦は目に見えて顔色がよくなり穏やかな毎日を過ごしている。

体調がいい由弦は、時間を作って露無や藤里を手伝うようになった。

客のままでいるより、みんなの役に立ちたい。何より今は元気に体を動かせることがうれしくて仕方がない。

それに由弦には神社の跡継ぎになるという大切な目標がある。健康な食事や礼儀作法など、庭園の住人から多くのことを学びたかった。

「お手伝いします、露無さん、藤里さん」

着物の袖が邪魔にならないように、襷《たすき》がけしながら厨房に入ると、朝餉の支度をしていた露無と藤里が笑顔で顔を上げた。

この庭園には十数家族、四十人くらいの獣人が生活していて、調理を担当しているのは、コハル一家ともうひと家族だ。厨房はいつも忙しく、活気がある。

「それじゃあ、さっそく野菜を洗ってもらおうか」

「はいっ」

露無の言葉に由弦は木籠からほうれん草を取り、流しの貯水桶の水で丁寧に土を洗い流す。黙々と朝餉の準備を手伝っていると、細長く開けた窓からやわらかな風が吹き込んだ。

「父さま、母さま、おはようございます！　あっ由弦さんもおはようございますっ」

目を擦りながら姿を見せたコハルが、楽しそうにぴょんと跳ねた。その様子に由弦は破顔する。

人と話をすることが下手で人見知りをすることもあったが、不思議と庭園の獣人たちとは気負わず言葉を交わせる。それは獣人たちが蓮の客人である由弦を理解しようとし、由弦自身も獣人たちに心を開いているからなのかもしれない。

（でも、ここにいられるのもあと数日……）

居心地のいいこの庭園を離れるのは名残惜しいが、約一週間という約束で滞在させてもらっている。

いつまでもいたら迷惑になるだろう。何より、由弦にも由弦の生活があるのだ。

それでも、今はみんなや蓮と別れる日を思うと、寂しくて仕方がない。この頃は、もっとみんなの手伝いをしたい、たくさんの思い出を作りたいと思うようになっている。

「コハルは膳を並べてくれ」

「はーい」

父の指示に、コハルはシャキッと姿勢を正し、棚から朱塗りの膳を両手で取り出し、ひとつひとつ手巾で丁寧に拭いて台の上に並べていく。

今朝の献立は、出汁巻き卵とほうれん草と油揚げの煮びたし、南瓜《かぼちゃ》と玉ねぎの味噌汁だ。風に乗って煮びたしのよい香りが厨房に広がっている。

「美味しそうな匂いがしている」

涼やかな声が聞こえた途端、コハルが興奮した声を上げた。

「蓮様だ！　蓮様ーおはようございます！」

鮮やかな紫色の袍姿の蓮に、コハルがたたたっと駆け寄った。

「コハル、おはよう」

「まあ蓮様、おはようございます。今日も新鮮なお野菜のお料理をご用意いたしますので、楽しみになさってくださいね」

藤里の言葉に、蓮は表情をほころばせて頷いた。

「ところで、美月のことだが」

「えっ？　は、はい」

唐突に告げられた名前に露無と藤里が一瞬だけ目をきょとんと丸くしたが、嫁いだ娘の話だと気づくと、二人は緊張しながら蓮の言葉を待った。

「美月に里帰りさせてほしいと西南西の庭園に手紙を出した。そのうち、連絡があると思う」

「蓮様……ありがとうございます」

露無と藤里が感極まった様子で頭を下げた。

由弦は、仲たがいしている奈流比古にきちんと美月のことを連絡してくれた蓮の優しさがうれしくて、心あたたまるやり取りを横目に止めていた手を動かし、鍋をかき混ぜながら頬を緩ませた。

「ボク、姉さまに早くお会いしたいなぁ」

つぶやいたコハルに、蓮が少しだけ眉を下げた。

「返事がくるまで、もう少し待ってくれ。……遠心はどうした？」

「兄さまは、部屋で手紙を書いています」

そうか、と蓮が窓越しに離れの建物を見つめる。

「蓮様、金平糖《こんぺいとう》でございます。子供用に作ったものですが、よかったらどうぞ」

藤里が金平糖を大判和紙で包んで手渡した。

「ほう、菓子か。ありがとう」

口元に笑みを浮かべた蓮が、野菜を洗っている由弦の背に声をかける。

「由弦、こちらへ」

由弦は野菜を調理台に並べると、急いで蓮の前にいき、お辞儀をした。

「おはようございます、蓮様」

「おはよう。よかったら庭園の奥を散歩しよう。露無、由弦をつれて行っていいか？」

顔を上げた由弦が目にしたのは蓮の青色の瞳だった。それが優しく細められるのを見て、心臓がトクンと音を大きくした。

蓮に窺いを立てられた露無は、もちろんですと言わんばかりに頷く。

「まだ由弦が行っていない丘へ行こう。美しい花が咲いている」

「わ、わかりました。ぜひ……」

小さな声で答えながら、思わず彼から視線を外してしまう。

少し前まで、穏やかな声色の蓮のそばにいると安心できたはずなのに、今はなぜか胸が苦しくなる。それは先日、彼を怒らせてしまってから、さらに顕著《けんちょ》に自覚するようになった。

（また蓮様を怒らせるかもと思うと、怖いのかな……でも、怖いという気持ちとは違う気がする。もっと切ないような……不思議な気持ち……）

なぜ胸が詰まったように苦しくなるのか。なぜ鼓動が速まるのか。はっきりわからないまま、由弦は襷を外した。

「行ってらっしゃいませ」

蓮と由弦を、コハルと両親が笑顔で見送ってくれ、朝の澄んだ空気が満ちた美しい庭園の中をゆっくりと歩く。

「由弦、こっちだ。森の中を通る。足元に気を付けて」

高い木々が生い茂る森の中へ足を踏み入れると、日差しが遮られて、まだ朝だというのに薄暗い。

ぼんやりしていると、木の根に足を取られて転びそうになった。蓮が振り返り、由弦の腕を掴んで支えてくれる。

「あ……っ」

触れた蓮の体温がじわりと浸透し、一気に顔に血が上った。

「蓮様……」

心臓が引き絞られるような感覚に、あえぐようにして端整な横顔を見上げると、蓮が足を止めた。

「森の中を通ったのは、この花を見せたかったからだ」

逸《はや》る鼓動を落ち着かせつつ蓮が指さした先に視線を向ける。そこには薄暗い森の中で木漏れ日のような光を放つ、虹色の美しい花が咲いていた。

「きれいな花……」

「虹闇草《にじやみそう》という。日の光を避けて咲く不思議な花だ。よい匂いがする」

近づくとやわらかく甘い香りが鼻腔《びこう》をくすぐり、由弦は珍しいその花をじっと見つめた。薔薇《ばら》に似て葉や茎に棘《とげ》が見える。花びらは天鵞絨《ビロード》のように光沢があり、その一枚ずつが七色に輝いていてずっと見ていたくなる。

「ここを真っ直ぐ行くと、外へ出る。行こう」

名残惜しい気持ちでそこを離れ、森を抜ける。徐々に低木が広がり、その奥に進むと小高い丘に出た。初めて庭園に来た時に辿り着いた丘とは反対の位置にあたる。

「わ……きれい」

思わず由弦は声を上げた。

丘から見下ろす風景は、鮮やかな花々が咲き乱れて、それが絨毯《じゅうたん》のように広がっている。

丘の上に腰を下ろした蓮が、隣に座るように促した。

「失礼します」

断って隣に腰を下ろすと、蓮が桧垣《ひがき》模様の和紙を開いた。

「由弦、手を出しなさい」

差し出した手に、色とりどりの金平糖がぱらぱらと乗せられる。

「先ほど、藤里にもらった菓子だ」

「いただきます」

きれいな色を堪能しながら口に入れて咀嚼すると、カリッと口の中に素朴な甘味が広がった。

「美味しいです」

ふっと感想を漏らした由弦を優しい瞳で見つめ、蓮も金平糖を口に含む。

(蓮様の口に金平糖はどんな味で広がっているんだろう……蓮様の好きな食べ物はなんだろう)

素朴な金平糖を食しながら、できるなら蓮のことをもっと知りたいという欲求に駆られた。

それは神社の守り神としてではなく、神の庭園の主としてでもなく、ひとりの相手として――。

ふと、すぐ近くに蓮の形のよい唇があることに気づき、やわらかそうなそれに意識が集中して、目が離せなくなってしまう。

（おかしい。僕はどうして、こんな気持ちに……）

ドクドクと鼓動が大きく脈打っている。その音が蓮に聞こえてしまいそうで不安になった刹那、自分の中で神社の守り神である彼への気持ちが特別なものへ変わっていることを知った。

（もしかして僕は……蓮様のことを……）

石像のように固まった由弦は、頭上で鳥が鳴く声で我に返った。不躾なほど蓮を見つめていたことに気づいてあわてて笑顔で言葉を紡ぐ。

「あ……のどかですね」

「そうだな」

穏やかに微笑んでいる蓮を見ていると、この時間がずっと続けばいいのにと思ってしまう。静かでやわらかいこの空間にずっと身を置いていたい。

でも、一緒に過ごせる期間は決まっている。

「僕は、蓮様の庭園に来られて、本当に幸せです」

でも、いずれ帰らなくてはならない。自分には目標があるから……。

「そなたが居たいだけ、ここで過ごしてくれればよい」

もの静かな口調で囁いた蓮が、由弦の腕を掴んで引き寄せた。

彼の逞しい腕の中へ倒れ込み、あわてて顔を上げると、細い顎に蓮の手がかかった。

「……れ、蓮様？」

驚きと同時に、近すぎる距離に心臓が口から飛び出してしまいそうなほど激しく脈を打つ。

狼狽える由弦をじっと見つめ、蓮が真剣な声で言う。

「由弦……青元神社で初めてそなたを見た時から、可愛い子供だと思っていた」

「え――？」

「そなたはまだ小さかったが、私にとって特別な存在になった」

耳を打つ蓮の甘い声音に、由弦は目を見開いた。

それは青元神社の境内、御神木のそばで会った時のことだろうか。

考えている間に、顎にかかった蓮の指がそっと唇を撫でるように動いた。

途端、頬が燃えるように熱くなり、唇に触れる指の感触に全身の血が沸騰《ふっとう》しそうになる。

「再会したそなたは、さらに愛らしさを増していて驚いた。人の成長は本当に早いものだ」

「そ、そんなことは……ぼ、僕は普通です。特に背が高いわけでも、顔がいいわけでもなくて、頭も人並みだし特技もなくて。全く平凡で……」

口早に告げながら顔を背けようとするが、蓮に顎を摑まれたままなので身動きが取れない。

緊張のあまり震え出した手を握りしめると、目の前の顔がふわりと笑みを刻んだ。

「由弦……平凡な人間などひとりもいない。どこかに必ず、その者だけの個性がある。優しいところ、真面目《まじめ》で正直なところ、努力するところ、落ち込みやすいところ……全部、そなただけの個性だ」

「蓮様……」

そんなことを言われたのは初めてで、由弦は言葉を見つけられず、目をまたたかせて彼を見つめた。

蓮の双眸の中に、細い顎を摑まれて戸惑う自分が映っている。

「由弦が自分を叱咤し、くじけそうになりながらも庭園の住人と親しくなろうとする姿を見守っているうちに私は……そなたのことが気になって仕方がなくなった。いや、小さな頃のそなたと会った時から気になっていたが、そうした気持ちとは違い、一緒にいると今まで感じたことのない安心感を覚える。そなたのことが愛おしくてたまらないのだ」

信じられない言葉が深く胸に降り落ちる。今の愛おしいという言葉にはどれほどの意味が込められているのだろう。親愛の意で捉えていいのか。それとももっと深い……。

甘く苦しい沈黙が広がった後、言葉の重みをはかりかねた由弦は口を開く。

「あ、ありがとう、ございます……」

無難な返答に、蓮が苦笑気味に息を吐いた。

「そなた、本気にしていないな？」

咎める口調で囁き、蓮が覆いかぶさるようにして顔を近づけた。

ゆっくりと唇にやわらかな熱が触れ、そっと離れる。

「……っ」

何が起こったのかわからず、呆然と固まる由弦を見つめ、蓮が今度は強引に唇を押し当ててきた。

「……んんっ、ふ……う……」

蓮の唇が由弦の唇を優しく覆って、ついばむように吸う。その瞬間、胸の奥から刺すような痛みが込み上げた。

（蓮様……!?）

身をよじろうとした刹那、濡れた熱いものが口腔《こうこう》内に差し込まれる。

「んんぅ！」

蓮の熱い舌が口の中へ侵入し、由弦の舌を絡め取った。その濡れた感触と淫《みだ》らな水音に、由弦の体がビクンと大きく跳ねる。

「ん――んぅ……っ」

角度を変えながら口づけが深まるほどに、体の疼きは激しくなっていく。

呼吸さえも忘れて、大きく肩を上下させる由弦を抱きしめながら、蓮は巧みな舌使いで歯列の後ろをなぞり、上顎をつついてくる。

頭の芯が痺《しび》れたようにぼうっと霞《かす》み、肩が震え出す。そんな由弦に気づき、蓮がゆっくりと拘束を解《と》いて唇を離した。

「れ、蓮様……」

蓮の端整な顔が近くにあり、彼の青色の双眸が真っ直ぐに由弦を見つめていた。

「驚かせてすまない。——気持ちが昂《たかぶ》ってしまった」

「ど、どうして……」

「私は由弦のことを愛しいと思っている。そなたの気持ちを知りたい。私のことをどう思っている？」

「え、あ……」

至近距離で目が合い、じっと見つめられる。その一途な眼差しに両手がわなわなと震えてしまう。

熱い口づけに理解した。蓮は特別な愛情を持って愛しいと口にしてくれたのだ。

「で、でも生きる世界も立場も違って……」

「私が問うているのは由弦の気持ちだ。私のことをどう思っているか、答えよ」

震えている腕を掴まれ、顔を覗き込まれる。距離がさらに近くなり、由弦は懸命にかすれた声を振り絞った。

「ぼ、僕は……この生活に期限が設けられているのが、残念だと思います。来たばかりの時は、ただ蓮様の庭園で過ごせることがうれしかったのに。今は……ここを出る時のことを考えると、寂しくて仕方がなくて……わ、別れたくない人がいるから」

「由弦――」

「僕は、蓮様のそばにいると、お、おかしくなります。安心するのに、ふわふわと気持ちが軽くなってドキドキして、でも時に苦しくて……僕は蓮様のことが……す、好きです」

　気持ちを吐露《とろ》した途端、由弦自身の気持ちがくっきり鮮明になった。それはあいまいだったあたたかく幸福な気持ちがはっきりと輪郭を描き、好きという感情に変わった瞬間だった。

「本当か？」

　静かな声で確認する蓮に、由弦はこくりと頷いた。

「僕は本当に、蓮様のことが好きです。大好き……」

　蓮の唇がゆっくりと曲線を描き、穏やかな微笑みが浮かんだ。

　そんな笑顔を見ると体の力が抜けていき、優しい気持ちに包まれる。

「由弦、泣くのを止めよ」

「え？　あ……」

　気持ちが昂ったせいだろう。気が付くと、涙が頬を伝っていた。

蓮が眉を下げて、切れ長の目を正面から向けてくる。

「私はそなたに泣かれると胸が痛む。だから泣き止んでくれ」

「は、はい……なんだか、夢みたいで、うれしくて……すみません」

「そうか、うれしくて泣いているのか」

頷きながら、安堵の息をついた蓮が指先で由弦の涙をそっと拭った。彼の指先が唇をかすめ、優しく撫でられる。

じっと見つめられて、今まで抑えていたあふれるほどの愛しさが全身を満たしていく。同時に喉の奥がつきりと疼き、じわじわと焦燥が込み上げた。

人間の自分が神の庭園で暮らせるのは、わずかな間だけで、数日後にはここを離れなければならない。

それは蓮との別れを意味する。その時のことを思うと切なさに胸が締め付けられる。

そっと眉をひそめると、蓮が目を細めて言い聞かせるように語りかけた。

「由弦……人間を伴侶とした守り神もいる」

「えっ、伴侶？」

「守り神の伴侶を花嫁と呼ぶが、神と交わることでその者は命魂力《めいこんりき》を受け取る。そして不老長寿になる。由弦よ、今は無理でもいつか私の伴侶としてここに帰ってきてほしい。私はずっとそなたを待つつもりだ」

信じられない申し出に、目を見開いた。

「ぼ、僕は、蓮様のそばにいることができるんですか？」

「そうだ。由弦さえよければ、私はいつでもそなたを受け入れる。愛しい私の花嫁――」

将来の約束を交わすように、再び顎を摑まれ、甘く切ない眼差しを向けられた。目を閉じると、優しく口づけられる。

（僕が――蓮様の……伴侶に……）

こんな幸福があっていいのか。

由弦の心は嬉々として浮き立ち、ふっと喜びの吐息を漏らすと、蓮が思い出したように由弦の髪をくしゃりと掻き上げた。

「明日は南東の庭園で会合があり、留守にしなければならぬ。そなたに会えないと思うと今までにない寂しさを感じる――」

「ぼ、僕も……同じです」

気持ちを伝えた途端、強く口づけられた。

ついばむように唇を甘く吸い立てられ、体の芯が痺れる。

由弦には宮司になり、青元神社を守るという五歳の時からの夢がある。

そのために、病弱ながらこれまでできる限りの努力を重ねてきた。

伊織の夢を知り、それを応援する意味でも跡を継ぐ意志はさらに強いものになった。

（今すぐ蓮様の元に嫁ぐことはできない。でも、いつかきっと……）

そう遠くない未来を思い描きながら、由弦は蓮から与えられる口づけに身を任せた。

6

庭園での生活にすっかり慣れた由弦は、今日も早起きして厨房で朝食の準備を手伝っている。

「由弦さんが手伝ってくれると、本当に助かりますわ」

藤里の感謝の言葉に、露無も笑顔で頷いた。

現世での生活では体が弱く、周囲に迷惑をかけないようにと思ってきたが、ここでは健康に過ごせ、周りの人たちの役に立てることがうれしい。

きびきびと手伝いをこなす由弦に、露無と藤里は信頼した笑顔を向けてくれるようになった。

それらの変化から、自分の存在価値を再確認でき、由弦はさらに頑張ろうと奮起する。

「露無さん、僕、副菜の金平牛蒡を作りますね」

「頼みます」

着物の袖が邪魔にならないように襷がけして、調理台で包丁を握る。

牛蒡と人参を細切りにして、小口切りにした赤唐辛子を加えて鍋で炒めていると、胡麻油の香りが漂う中、華奈が厨房にやってきた。

「……蓮様が南東の庭園へお出かけになるそうです」

華奈の報告に、由弦は肩を落とした。

他の庭園へ会合に出かけると聞いていたが、やはり蓮とゆっくり話せないのは寂しい。

（でも……昨日は口づけてくれた）

蓮とのキスを思い出してぼぅっとなってしまった由弦に、露無と藤里が声をかけてくる。

「由弦さん、顔が赤いですよ。大丈夫ですか？」

「今朝はぼんやりなさっていますけど、風邪のひき始めかもしれないから、気を付けてくださいね」

二人の心配そうな声に、かまどから鍋を下ろしながらあわてて首を振る。

「すみません、大丈夫です……！」

想いを告げられてから、頭の中は蓮でいっぱいだった。幸せなことだが、今は与えられた仕事をしっかりこなさなければ。

由弦は気を引き締めて調理台に向き合う。

「えっと、金平牛蒡は味を含ませるだけ。このほうれん草はお浸しにするんですね。下準備をしておきます」

金平牛蒡を器に盛りつけた後、ほうれん草の束を湯にさっと通して水にさらしていると、厨房の入口から蓮が入ってきた。

「蓮様、おはようございます」

露無と藤里が深々と頭を下げる隣で、由弦も「おはようございます」と挨拶すると、蓮が温和な笑顔で頷いた。

「おはよう。私は南東の庭園で開催される会合に参加するが、戻る時間は未定だ」

「畏《かしこ》まりました。お気を付けて行ってらっしゃいませ」

蓮の視線が、慇懃《いんぎん》に低頭する露無から由弦へと向けられる。そっと目配せされ、心臓が乱れて鼓動が速まった。

「由弦、行ってくる」

蓮はよく通る声で告げると、白銀の長髪をさらりとなびかせて、踵を返した。

「はい……行ってらっしゃいませ」

颯爽《さっそう》と踏板を歩いて行く後ろ姿に見惚れながら、由弦は着物の上から胸元をぎゅっと摑んだ。

（本当に夢みたいだ……）

蓮と心を通わせたことが今でも信じられない。蓮が与えてくれた口づけを無意識のうちに思い出していると、呼びかけられた。

「由弦さん？　さっきより顔が赤いですわ。やっぱり風邪をひいたんじゃあ……」

藤里に顔を覗き込まれて、顔の前であたふたと手を振った。

「いいえ、大丈夫です。えっと次は南瓜を……」

「下ごしらえはそろそろ終わりですわ。由弦さん、よかったら食事の準備が整うまでコハルと遊んでくださいますか。この頃遠心が何やら忙しいようで、寂しそうにしているんです。もうすぐ厨房に顔を出すと思いますので」

「わかりました」

手早く水洗いした野菜を調理台の竹笊《たけざる》にまとめていると、コハルが顔を出した。

「おはようございます！」

「おはよう、コハル。蓮様はお出かけだよ。食材の下処理もほとんど終わったから、朝餉まで僕と遊ぼう」

襷を外しながら誘いかけると、コハルがぱあっと顔を輝かせた。

「由弦さん、遊んでくれるの？　ボク、絵双六《すごろく》したいな」

「それなら僕もできそうだ。一緒にやろうね。場所は僕の部屋でいい？」

「うんっ」

コハルが棚の奥から絵双六と書かれた箱を取り出した。由弦がそれを持ち、露無と藤里に自室へ行くことを伝え、コハルと手を繋いで向かう。

「あのね、最近、兄さま忙しいみたいで、あまり遊んでくれないの」

しゅんと肩を落とすコハルの手を、由弦は強く握りしめる。

「僕にも、弟がいるんだよ。伊織っていうの。今は会えないけれど、ずっと心の中で伊織のことを考えている。だからきっと、忙しい遠心もコハルのことを大切に想っているよ」

思いを込めて諭すように告げると、コハルの瞳に喜悦の色が見え、とろけるような笑顔が浮かぶ。

由弦の部屋に入ると、さっそく畳の上に座って箱を開けた。

「わぁ、大きな双六だね」

絵双六を広げると、色鮮やかな絵と『お餅を食べすぎて三コマ戻る』といった様々な文章が書かれていた。サイコロを振って、その文章の指示通りコマを進めながら遊ぶ。

「やった、またボクの勝ちだよ」

コハルは張り切ってコマを進め、あっという間に上がった。

「強いね、コハル」

よほどうれしいのだろう。コハルの長い兎耳がぴんと立って誇らしげだ。

コハルに三連敗したところで、珍しく大雅が姿を現した。

「失礼いたします」

藍色の袍という装束姿の大雅に、コハルが飛び跳ねるようにしながら言う。

「大雅殿、ボク、絵双六で由弦さんにたくさん勝ちましたー」

大雅は水色の双眸を細め、コハルの緋色の頭を撫でながら、「それはよかったですね」と自分のことのように喜んでいる。その様子から、コハルに愛情を注いでいることが窺えた。

子供好きで優しい大雅の一面を知り、由弦もつられるように笑顔になる。

その時、襖の向こうで「失礼します」と声がかけられ、露無が顔を覗かせた。

「由弦さん、コハルと遊んでくれてありがとうございます——おや、大雅殿もこちらにいらっしゃいましたか。朝餉の用意が整いました」

「はい、父さま、ボクおなかぺこぺこです」

ぴょんと飛び跳ねるようにしてコハルが立ち上がり、由弦に抱きついた。

「楽しかったです。由弦さん、また遊んでね」

「もちろん。今度は負けないよ」

由弦が絵双六を箱にしまって手渡すと、コハルはにっこり笑った。

「それじゃあ由弦さん、食堂で。大雅殿、またね」

コハルが父の露無と一緒に部屋を出て行くと、大雅が小さく咳払いをした。

「ちょうどよかったです。二人きりになれて。由弦殿にお伝えしたいことがありました」

（僕に？）

目をまたたかせながら、由弦は大雅をじっと見つめた。

「実は……」

「はい」

「えっと……」

大雅は言いかけては途中で口を閉ざしてしまう。

用件をなかなか話さない彼に、由弦は小首を傾げた。

「大雅さん？」

「……実は……由弦殿に……いや……うぅ……胃が……！」

ようやく話し始めたと思ったら、今度は額に脂汗を浮かべ、胃のあたりを手で押さえて低く呻いている。

「どうしたんです？　大雅さん、大丈夫ですか」

支えるようにして、大雅を部屋の壁にもたれさせ、座らせた。

「由弦殿、ありがとうございます。わたくし小心者ですので、心労ですぐに胃が痛くなるのです」

「何か、困ったことがあるのですか？　僕でよかったら力になります」

由弦の言葉に、大雅がわずかに目を見開いた。

「お優しいのですね。由弦殿は……コハルとも絵双六で遊んであげているし、神殿の従者たちの間でも働き者だと評判になっておりますし……」

ゆるゆると顔を伏せた大雅が、深々としたため息をついた。

「言いにくいことなのですが、言わなくてはなりません。否、本当はもっと早く話しておくべきでございました。ですが……」

言葉を切り、息を吸って大雅がぽつりとつぶやく。

「蓮様から口止めされていたのです――」

「蓮様が？　あ、蓮様は今朝、会合があるので南東の庭園へ出かけると」

「いいえ、そちらには出かけていません。急遽予定を変更し、会合は欠席すると蓮様が直接ご連絡を入れました。蓮様は西の剛昇山《ごうしょうざん》へ向かったと思われます――」

「剛昇山？」

初めて聞く山の名前だった。大雅は水色の髪を掻き上げるようにして、何度目かわからないため息をつく。

「剛昇山というのは、西南西方向にある山でございます。奈流比古様の庭園との境になっているのです。そこから結界を抜けて、奈流比古様の庭園へ入れるのでございます」

「奈流比古様の庭園へ？　蓮様はもしかして、美月さんのことで奈流比古様と話し合いに行かれたのでしょうか」

美月から連絡が入るように奈流比古へ働きかけておくと、蓮が露無と藤里に話していたことを思い出す。

しかし、大雅は首を横に振った。

「美月さんのことは、書面で奈流比古様へ伝えられました。そもそも奈流比古様は今日、南東の庭園で行われている会合に参加するため、庭園を留守にされております」

「え、留守に？　それではなぜ蓮様は、奈流比古様の庭園に出かけたのでしょうか」

南東の庭園で開かれる会合を欠席してまで、西南西の庭園に行くのはなぜだろう。

「あ、結界のことで何か問題でも？」

尋ねる由弦に、大雅の顔が強張る。気まずい沈黙が募り、ひた、と大雅は真摯《しんし》な表情で由弦を見据えた。

「……蓮様のお戻りまでに時間がかかると思いますので、思い切って由弦殿にお伝えしようと考えました。由弦殿にとっておつらい話だと思いますが……知らなくては、後でもっと傷つくことになるやもしれませんので」

言葉を途切らせた大雅が、息を吸ってぽつりと問う。

「由弦殿は——蓮様と同衾《どうきん》されたのでございますか？」

「同衾って？」

「蓮様に抱かれ、契《ちぎ》りを交わしたのかと訊いたのでございます」

それはいわゆるセックスをしたのか、という質問だろうか。

質問の意味を理解した由弦は、真っ赤になって首を強く振った。

「し、してません」

「それは本当でございますね？　うむ……では、蓮様から告白めいたことは言われておりますか？」

その問いには、どくんと心臓が跳ねる。

「こ、告白というか……あの……どうして大雅さんがそのことを」

「蓮様は何もおっしゃいませんが、わたくしは蓮様の側近長でございます。長い付き合いゆえ、考えていることは大体わかるのでございます」

顎をさすりながら、深い嘆息を落とし、大雅は口元を引き締めた。

「悪いことは言いませんので、蓮様のことは諦めてはもらえませんでしょうか。これは由弦殿のためなのです」

由弦は大雅の顔をじっと見つめ返し、上ずった声で訊く。

「ど、どういうことですか？　僕が人間で蓮様にふさわしくないからですか？」

大雅は目を閉じ、どこか苦しそうに眉根を寄せてかぶりを振った。

「違うのです。わたくしが反対しているのは、由弦殿がふさわしくないからではありません。その逆でございます。優しい由弦殿だからこそ、忠告することにしたのでございます」

「忠告……？」

「はい。由弦殿は皆からの当たりが厳しい中、懸命に努力し、心を溶かし、今でも神殿内の従者に心を配って接しています。わたくしにも誠実に接してくれています。それらのことを考慮して、わたくしは知らせることにいたしました。心を鬼にして申し上げます」

大雅は水色の双眸を真っ直ぐに由弦へ向けた。

「蓮様には、他に愛する者がいるのでございます」

「え……？」

大雅の言葉を瞬時に呑み込むことができなかった。

（『他に愛する者』……？）

大雅は確かにそう言った。聞き間違いではないだろう。

「ま、まさか。そんなことは……」

由弦を好きだと言ってくれ、この庭園で花嫁として暮らしてほしいと請《こ》うてくれた。約束だと熱い口づけまで交わして——。

他に愛する者がいるならば、そんなことはしないはずだ。

「れ、蓮様は……嘘をつくような方ではありません……！」

声を震わせて言い切った由弦に、大雅は憐れむような眼差しを向ける。

「確かに、蓮様は誠実なお方ですが……仕方がない事情があるのでございます。蓮様の想い人はすでに他の男の花嫁となっておられる。何年、何十年が経とうとも、蓮様は彼のことを諦め切れないままなのでございます。苦しくて切なくて、どうしようもない時に、彼によく似た由弦殿が現れた。だから花嫁にしようと思ったのでございましょう」

由弦は目を見開く。

「に、似ている？　僕が、蓮様の想い人に？」

大雅が痛々しく表情をゆがめながら、肯定するように告げてくる。

「由弦殿もご存知でしょう。藤波八雲殿——その男性が、蓮様の本当の想い人でございます」

そこで、呼吸が止まった。

「藤波八雲……」

大雅から視線を外し、落ち着けと心の中でつぶやきながら懸命に記憶を辿る。そうだ、祖父の弟の名前が八雲だった。

いつだったか、八雲の写真を見た伊織が、「兄さんにそっくりだ」と驚いていたことを思い出し、こくりと喉が鳴る。

「そ、その人は僕の大叔父ですが、確か十九歳で行方不明になって、五十年経っても見つからなくて、亡くなったことに……」

しかし大雅は口元を引き締め、ゆっくりと首を横に振る。

「八雲殿は今も息災《そくさい》でいらっしゃいます」

「どういうことですか、大叔父が、八雲さんが生きているって……」

「奈流比古様の花嫁として、西南西の庭園で暮らしておられるのでございます」

「は、花嫁？　死んだと思われている八雲さんが、奈流比古様の？」

わけがわからず混乱しながら瞳を揺らす由弦を見つめ、大雅は膝に手を置き、ゆっくりと立ち上がった。

「言葉で説明するより、証拠をお見せした方がよろしいでしょう。少しお待ちください」

すっと襖を開け、大雅は部屋を出て行った。

放心状態で動けずにいると、彼はすぐに黒塗りの箱を持って戻ってきた。

蓋《ふた》を開け、朱色の手鏡を由弦の前に置く。

「これは普通の手鏡ではございません。霊鏡と我々は呼んでいるのですが、霊力を送ることで、離れた場所が映し出される魔鏡の一種なのでございます。蓮様はもっと大きな霊鏡をお持ちです。それで人間界の様子をよく見ておられるのでございますよ」

いつか見せてもらった霊鏡を小さくした手鏡を前に、由弦はこくりと頷いた。

「昔から蓮様は、里人の様子を霊鏡を使って見守ってこられました。特に四百年前に人間が庭園に入り込んだ事件以降は、実際に人間界に降り立ち、様子を見守ることも多々ございました」

大雅が言葉を選ぶようにして話している。由弦は黙って耳を傾けた。

「五十年ほど前の大雨の日、蓮様がお怪我をなさったことがありました。そのため結界が緩んでしまい、当時の青元神社の宮司の御子息で、霊力が高かった八雲殿が、結界を通ってしまったのでございます。四百年前の事件以降、庭園の従者たちは人間に対して恐怖と嫌悪を抱いていたので、蓮様は八雲殿を神殿内に匿《かくま》ってさしあげました。現世に帰したくとも怪我のせいで霊力が不安定でしたので。ですから、八雲殿のことは蓮様とわたくししか知りません。蓮様は病弱ながら清らかな心をお持ちの八雲殿を気に入り、しばらくしてわたくしが八雲殿を青元神社へ戻した方がいいと申し上げたにもかかわらず、宝物を扱うように大切に、八雲殿を奥の私室へ住まわせたのでございます。八雲殿も庭園で体調が回復することを喜び、逗留を希望されました」

「え……」

その事実に、全身の血がすっと冷えた気がした。

由弦の声はかすれていた。大雅は困ったように眉を下げながらも、首肯して話を続ける。

「……ほ、本当に、蓮様が……」

「当時、奈流比古様は蓮様と仲がよく、互いの庭園を行き来してらっしゃいました。ある日、庭園に遊びに来ていた奈流比古様が八雲殿を見初めてしまったのです。花嫁として八雲殿を迎えたいと言い出した奈流比古様に、蓮様は強く反対なさいました。しかし奈流比古様は、蓮様とわたくしの留守の隙をつき、八雲殿を力ずくで奪って花嫁にしてしまったのです。一度でも契りを交わした場合、他の神がその者を花嫁にすることは禁忌《きんき》とされております。仕方なく蓮様は八雲殿を諦めました。八雲殿は奈流比古様の庭園へ嫁ぎ、それ以来、あれほど仲がよかった奈流比古様と蓮様は不仲になったのです」

一気に告げた大雅は小さく息をつき、目を丸くして話を聞いている由弦を水色の瞳で見つめた。

由弦は金縛りにあったように動けない。

「言葉だけでは信じられないでしょう——ですから、お見せしようと思います」

大雅は片手で手鏡を持ち、もう片方の手で手刀を切ると、奈流比古命《なるひこのみこと》の庭園を映し給えと唱えた。

霊鏡の鏡面が白く霞み、ゆらゆらと揺れ始めた。しばらくすると、見慣れない和風の神殿が映し出される。

「ここが奈流比古様の庭園内でございます。ここは宮殿西側……うーん、ここに蓮様はいらっしゃいませんね」

つぶやいて、大雅が今度は神殿南を映すように命じ、じきに鏡面を見つめて頷くと、由弦の方へ差し出した。

「いらっしゃいました。ご覧ください」

由弦は渡された手鏡を両手で持った。鏡面には見たことのない景色が映し出されている。

「ここが、奈流比古様の、西南西の庭園……？」

「そうでございます」

こくりと唾を飲む。

鏡面に映っているのは神殿の外側で、藤紫色の着物姿の男性が映っていた。

涼やかな目元、優しげな眼差しの男は、いつか写真で見た八雲その人だ。

「八雲さんが……。若いままだ……」

「ええ、そうでございます。神の庭園の花嫁になるということは、不老長寿になるということですので」

信じられない気持ちで手鏡を見つめていると、八雲の視線の先に長身の男が現れた。

霊鏡から声は聞こえてこないが、周囲を見回しながら、足早に庭園を歩いて行く蓮の姿は、どこか焦燥に駆られている。

「——蓮様……」

やがて手鏡の中の蓮が、八雲の姿を見つけて顔を輝かせた。優しい瞳を向けて駆け寄り、八雲もまた蓮に走り寄る。

口頭で聞いても心のどこかで「まさか」という思いがあったが、こうしてその様子を見てしまうと、頭上から冷水を浴びたような衝撃が走った。

「蓮様が、奈流比古様の庭園で、八雲さんと……」

放心状態のままつぶやくと、大雅が言いにくそうに口を開いた。

「奈流比古様は今日、会合があって出かけていらっしゃるので……わたくしはお止めしているのですが、蓮様は、八雲殿が奈流比古様の伴侶となった後も手紙を送ったり、時々このようにして密会されたりしているのございます」

密会、と由弦は口の中で繰り返しながら、ぼんやりと鏡面を見つめた。

神殿の側の木陰で蓮が手を取り、熱心に話している相手——八雲は、確かに由弦によく似た顔立ちをしている。

話をしている途中で感極まったのか、八雲が蓮の首に手を絡めるようにして抱きついた。

蓮は逞しい腕で八雲を抱きしめると、労るように背中を撫でている。

「……どうして、蓮様……」

唇を噛みしめた由弦に、大雅が低い声で告げる。

「おつらいと思いますが、由弦殿のために見せました。八雲殿と由弦殿はよく似ていらっしゃいます。その意味がおわかりですか」

「――え？」

思考できずに、ゆっくりと顔を向けた由弦に、大雅は痛々しい表情で嘆息した。

「八雲殿が強引に奈流比古様の花嫁にされてからも、蓮様はああやって奈流比古様の目を盗み、逢瀬《おうせ》を重ねているのです。そして同じ藤波家の血を引く、八雲殿によく似た由弦殿を見つけたのでございます。外見はもちろん、霊力が高いところ、そして体が弱いところまでよく似ていらっしゃる。由弦殿がまだ小さい頃より、蓮様はよく霊鏡を使って様子を見ていらっしゃいましたので」

「…………」

大雅が告げる事実に、由弦の手から力が抜けてしまい、ことんと小さな音を立てて手鏡が落ちた。

「由弦殿が庭園へ迷い込んだのは、結界の張り替え時期のせいだけではございますまい。蓮様は張り替えまでの間、結界がゆがんできている場所に霊力を注いでおられましたが、神社の鳥居の周辺だけはそのままにしていたのでございましょう。そうすれば由弦殿が迷い込むと踏んでいたのでございます。蓮様は八雲殿に似た由弦殿を、気に入っていたのですから」

由弦は畳の上に落ちた手鏡に映る、蓮と八雲の抱擁を呆然と見つめたまま、言葉を失った。

長いようで短い沈黙が落ちる。

ようやく由弦は声を振り絞った。

「僕が、八雲さんに似ているから……？　僕は八雲さんの身代わり……？」

小学生になる前、嵐の夜の後に蓮と出会った時も、大人になって庭園に迷い込んだ時も、彼は由弦の名前を呼び、よく似ていると微笑んだ。

そうだ、蓮は由弦のことをよく知っていた。

わらび餅が好きなことも、蜂蜜入りの飲み物を好むことも。

――そなたは愛らしい。初めて見た時から、そう思っていた。

うれしかった蓮の言葉が、今では全く違う意味を持って心の中に響く。

「でも、蓮様は嘘なんて……嘘なんて……」

愛しいと囁き、口づけてくれた。これからも一緒にいてほしいと、伴侶になってほしいとまで言ってくれたのに――。

初めて会った時から、彼は自分に八雲の面影を見ていたのだ。

ぐらりと視界が揺れ、言葉が続かない。

眉間に縦皺を深く刻んだ大雅が、低い声を出す。

「わたくしは蓮様の側近長であり、一番の理解者だと自負しております。しかし、由弦殿を庭園に来させたいという蓮様の意見に反対いたしました。身代わりとして愛される由弦殿のお気持ちを考えると、気の毒だったのです」

由弦は黙って大雅を見上げる。

「はっきり申し上げます。蓮様にとって由弦殿は、奈流比古様の花嫁となった八雲殿の身代わりにすぎません。奈流比古様の留守中しか会えない八雲殿の代わりとして、これからおそばに置いておくつもりなのでしょう。それほどまでに、蓮様の八雲殿への想いは深いのでございます」

由弦は凍りついたように固まった。大雅の言葉が胸の奥を抉り、唇がわなわなと震え出す。

思えば初めて会った時から、蓮は由弦を熱い眼差しで見つめ、宝物のように優しく接してくれていた。

（全部、僕を通して八雲さんの面差しを追っていたんだ）

そこに愛情はなく、すべては由弦が八雲に似ていたからだったなんて……。

由弦は耐えきれず、強く唇を噛みしめ顔を伏せた。肩が波打ち、閉じた瞼から熱い涙があふれる。

「うぅ……っ……」

声を殺して泣く由弦に憐れむような視線を向け、大雅は静かに首を振った。

「蓮様は里人のことも庭園内の従者のことも大切に思っていらっしゃいます。このような惨《むご》いことはなさらない方なのでございますが、八雲殿に関することだけは特別なのです。とにかく蓮様がお戻りになりましたら、八雲殿のことをわたくしから聞いたと言ってよいので、きちんとお話し合いになってください。あのお二人の密会はこれからも続くでしょうし、どうしても嫌だとお考えでしたら、丘の上の結界を緩めておきますので、そこから庭園を出て行くことも可能です。いずれにしても、わたくしは蓮様に誰よりも幸せになってもらいたいのでございます。偽りの愛でご自身をごまかす蓮様を、これ以上見たくはありません」

大雅は蓮と由弦のために、真実を教えてくれたのだ。

由弦は、気まずさと心配が入り混じった視線を向ける大雅を見つめ返し、涙を拭う。

「た、大雅さん……言いにくいことを話してくれて、ありがとう、ございました……」

「いいえ、由弦殿——わたくしの方こそ、つらい話を聞かせてしまい、申し訳ありませんでした」

大雅が初めて由弦に頭を下げ、霊鏡を箱に戻すと、それを持って足早に部屋を出て行った。

ひとりになると、頭の中が真っ白になって、何も考えられなくなった。

目をぎゅっと閉じる。瞼の裏に浮かぶのは、霊鏡に映った八雲の眩しい笑顔と、そんな彼を見たことがないほど優しい眼差しで見つめる蓮の姿だ。

蓮の態度に一喜一憂していた自分の滑稽《こっけい》さを思い、ため息がこぼれた。

「……蓮様が僕を好きになってくれたのは、八雲さんの代用品としてだった……」

誰もいない静寂の間に、由弦のつぶやきと嗚咽《おえつ》が消えていく。

蓮からプロポーズのような言葉をもらった時の至福の気持ちがよみがえり、全身が引き絞られるように痛んだ。

何かの拍子に切なさを湛えた双眸で見つめられたことが思い出される。あの時の眼差しは、由弦を通して八雲に向けられていたのだ。

「う……っ……」

唇から再び嗚咽が漏れ、頬を涙が伝い落ちていく。

裏切られたと感じるのは、蓮のことを本当に愛してしまったからだ。

蓮が今まで示してくれた慈しみや気遣いに、大叔父の身代わりとしての対価という余計なものが含まれていたなんて。

「蓮様は、まだ八雲さんのことを想っている……」

何十年経とうとも、他の神の花嫁となろうとも、決して色褪《あ》せない熱い想いが、八雲へ向けられているのだ。

怒りよりも、哀しみが強く胸を打った。由弦は蓮に出会うまで、恋をしたことがなかった。

可愛いと思う女の子はいたし、告白されたこともあるが、蓮に感じたような切なくなるような想いは初めてで、舞い上がっていた分、失望が大きい。

「……僕は僕だ。八雲さんじゃない」

蓮の気持ちを知った上で、八雲の身代わりとして愛されることはできない。

大雅の言うように、そんな偽りの関係は、由弦ばかりか蓮をも不幸にするだろう。

「しっかりしなきゃ」

自分を鼓舞するように、トンッと拳で胸のあたりを叩き、濡れた頬を拭い、下唇を噛みしめてから立ち上がる。

屏風の隣に置かれている黒檀の文机に向かい、棚に置かれていた墨に水を加え、磨《す》った。

筆を持つ手が震えてしまう。

うつむいて小さく息をつき、迷いながら、それでも筆を動かした。

――お世話になりました。そろそろ大学の冬休みが終わる頃なので、帰らせてもらいます。

蓮様と過ごした日々は、本当に楽しいものでした。ありがとうございました。　由弦――

それは蓮への別れの手紙だ。

次に、コハルや遠心、露無や藤里、華奈たちへ向けてそれぞれ手紙を書く。

世話になった礼の手紙をしたためると、それを文机の上に並べ、筆を置いた。

由弦はぼんやりと窓の外を見つめる。

「本当に美しい庭園だ。伊織にも見せてあげたい」

二つ年下の弟の顔が浮かぶ。物心つく前からずっと一緒だった弟に、つらい時にはよく相談した。

「伊織に会いたい……」

つぶやくと、開け放たれた障子の向こうに青々と連なる山が見えた。空が茜色に染まっている。どうしても迷ってしまう弱い心が、美しい夕焼けを見て定まった。

「僕には、自分のやるべきことがある。帰ろう、僕の居場所へ」

現世へ。青元神社へ。両親と伊織が待つ家へ、帰ろう。

由弦は手紙を見つめ、そっと両手を合わせた。

「挨拶もせず、黙って帰って、本当にごめんなさい」

深く頭を垂れた後、ゆっくり立ち上がった。

蓮との邂逅《かいこう》も彼への想いも、現世のいつもの生活に戻れば、時と共に薄れていくのかもしれない。

部屋を出ると、遠心が向かい側の部屋に立って、こちらを見つめていた。

「遠心？」

声をかけると、彼は浅くお辞儀をして、踵を返して回廊を足早に歩いて行く。

「遠心は最後まで、僕に距離を置いたままだったな……」

できれば遠心とも仲よくなりたかった。

そう思いながら、そっと裏口へ回り、神殿を出た。

7

淡い朱色に染まった庭園内を足早に歩く。

美しい夕焼け雲が山稜《さんりょう》の色を薔薇色に変え、自然豊かな草木の匂いに包まれると、蓮と散歩した時を思い出してしまう。

ふいに彼の声が鼓膜によみがえり、全身に痛みが突き抜け、思わず足が止まった。

（蓮様……）

彼の名を心の中でつぶやき、大きく息を吸う。

たとえ身代わりだったにせよ、蓮から「愛しい」と言ってもらえた。

八雲に似ていただけではなく、少しは由弦自身を好いてくれていたのだろうか。

（そう思いたい……）

服の上から痛む胸に手のひらを当て、細く息を吐き出し、再び歩き続ける。

大雅が結界を緩めたと言っていた山の麓の丘までもう少しだ。

手をかざして小高い丘の上を見上げると、背後から「由弦さん」と呼ばれ、心臓が跳ねた。

振り返ると少し離れた木々の間に、表情を消した遠心が立っていた。

「遠心？　どうしてここへ？」

神殿にいたはずだが、もしかして後をついて来たのだろうか。

「なんだか顔色が悪いよ。どうしたの、遠心」

何も答えない遠心の方へ近寄ろうとして、由弦はハッと動きを止めた。

遠心の背後に、いつの間にか長身の男が立っていたのだ。

「あ……」

凍るような美貌の男性で、蓮と同じように頭部に狐の獣耳があり、四本の立派な尻尾がふさふさと動いている。

彼は長い金髪を風に躍らせ、漆黒の袍に純白の指貫を穿いて、妖艶な雰囲気を纏いながらも鋭い金色の瞳を由弦へ向けている。

「お前が藤波由弦か」

「あ、あなたは……？」

思わず由弦は一歩後ずさる。

「藤波家の後継だけあって、さすがに八雲と似ている。全く蓮は諦めの悪い男だ」

くくくと喉を鳴らして笑う男性は、しかし目は笑っていない。

（尻尾が四本……獣耳の形も蓮様と似ている）

「あ、あなたも守り神ですか？」

かすれた声で尋ねると、彼の唇にゆっくりと意地悪そうな笑みが浮かんだ。

「その通り、西南西の庭園の神、奈流比古だ。蓮がお前を気に入り、よく散歩に連れて歩いているらしいな。遠心から詳細に聞いておるぞ。そんなお前が思いつめた顔で神殿を出て行ったと遠心から報告を受けたので、会合が終わってすぐに飛んできたところだ」

目を細めた奈流比古が、表情を消した遠心の肩に手を置いた。

由弦は目をまたたかせる。

「遠心が奈流比古様に連絡を？」

「そうだ。遠心はわたしの忠実なしもべ。姉の美月の幸せのため、蓮の周囲で変わったことがあれば報告することになっている」

平然と言う奈流比古に、遠心の肩が小さく揺れた。

コハルも露無と藤里も蓮の従者たちは皆、蓮を慕って忠誠をつくしている。遠心も蓮には敬意を持って接していた。

それなのに奈流比古と通じていたということは――。

おそらく西南西の庭園に嫁いだという姉の美月を盾に取られ、奈流比古の指示に従わされているのだろう。

　由弦はぐっと握り拳を作った。

「美月さんから連絡がこないことを、ご家族が心配しています。美月さんの手紙について何か知っていますか？」

「ほう、お前は馬鹿ではないようだ。美月から家族へ宛てた手紙は、すべてわたしが処分している」

　奈流比古の飄々とした口調に由弦は熱《いき》り立つ。

「ひどいことを……！　これ以上遠心を利用しないでください！」

　怒りで珍しく大きな声を出した由弦に、遠心が驚いたような顔になった。

　しかし奈流比古は意に介した様子もなく、くすくす笑いながら顎をさすり、眉を上げた。

「それよりお前、神殿を出てどこへ行くつもりだ？」

「そ、それは……あなたには関係のないことです」

「関係があるから問うておるのだ。お前はどこへ行こうとしている？　蓮は知っているのか？」

「ぼ、僕は……」

　答えに窮する由弦を見下ろし、奈流比古が腰に手を当ててゆっくり近づいてくる。

「八雲に似ているお前は、蓮が見つけてきた代用品なのだろう？　勝手に帰ってもらっては困る」

「………」

視線を彷徨《さまよ》わせる由弦を見つめ、奈流比古は肩をすくめた。

「全く、蓮の考えそうなことだ。とりあえず、お前はここに残れ」

横柄に命じる奈流比古を、勇気を出して睨み返した。

「いいえ……僕は、帰ります」

まさか反対されると思っていなかったのか、奈流比古の気配が徐々に怒気を含んだものへ変わる。

「お前は知らぬであろう。蓮は八雲に頻繁に文を送ってきているのだ。すべてわたしが燃やしているが、わたしの留守中に八雲に会いに来たことさえある。あの男は相当しつこく、決して八雲を諦めようとしない。だから八雲も……いつまで経ってもあの男のことを……」

眉根を寄せて口をつぐんだ奈流比古の表情が苦渋にゆがむ。それを見て、由弦は思わず彼が止めた言葉の先を続けた。

「八雲さんは、奈流比古様の花嫁になってもずっと、蓮様のことを……？」

瞬間、切りつけるような奈流比古の眼差しが由弦を射抜いた。

「黙れ！　八雲はわたしの大切な花嫁だ。蓮さえいなければ、わたしたちの関係は良好なのだ！」

「……」

感情を昂らせる奈流比古から八雲への一途な想いを感じ、由弦は瞠目する。

「八雲はわたしの花嫁だ。蓮になど渡すものか――。今日も会合の間中、八雲の元へ蓮が現れるのではと、気が気ではなかった」

懐《ふところ》から手鏡を取り出し、奈流比古が呪文を唱えた。

「軟禁している八雲の部屋を映せ――。ああ、八雲は寝ているようだ」

霊鏡が映した鏡面に、奈流比古が安堵の息をついたが、すぐに顔色が変わった。

「おかしい。会合が始まる前に見た時も、同じように八雲は眠っていた。だいたい、布団をかぶって顔がよく見えぬ。まさか」

霊鏡を持つ奈流比古の手がぶるぶると小刻みに震え始める。

「八雲は……布団に着物を着せて部屋から抜け出しているのか？」

ひとりごちた奈流比古が、咎めるような視線を遠心に向けた。

「遠心！　蓮は神殿にいるか！」

咆哮《ほうこう》のような奈流比古の声に、青ざめながら遠心が小さな声を振り絞る。

「いいえ、蓮様は会合があり、出かけております」

「なんだと！　蓮は会合を欠席しておる！　うぬぅ……蓮の奴、わたしの庭園にいるのだな……！　八雲も許さぬ。わたしを騙《だま》して、また蓮と会っていたのか……っ」

ぎりぎりと奥歯を噛みしめながら遠心の襟首を摑むと、奈流比古は金色《こんじき》の双眸をぎらつかせながら、容赦なく細い首を締め上げる。

「なぜ蓮がいないことをすぐに報告しなかった！」

「う……っ、ぐ……」

その激しさに気圧されたのか、姉のことがあるせいか、遠心は抵抗できず、苦しそうに顔をゆがめている。

「奈流比古様、遠心を放してください！」

「許さぬ！　八雲も蓮も――わたしを欺《あざむ》いてまで――よくも、よくも……！」

「遠心を放して！」

由弦は夢中で奈流比古に飛びついた。しかし、伸ばした手を勢いよく振り払われて、その場に倒れ込む。

「蓮は最低な男だ！　八雲はあんなクズのどこがよいのだ！」

大切な守り神を罵倒されたからか、それまで無抵抗だった遠心が奈流比古の手を思い切り噛んだ。

「うっ、血迷ったか、遠心！」

遠心の胸倉を掴んだまま奈流比古が手を振り上げ、その頬を打った。

「遠心！」

背中を打った痛みに顔を引きつらせながらも、由弦は急いで立ち上がる。

遠心の家族を大切に想う気持ちを利用し、まだ少年の彼を痛めつける奈流比古へ怒りがふつふつと湧いてきた。

「遠心に乱暴なことをすると僕が許さない。すぐに放せ！」

神が相手でもかまわない。地面を蹴って奈流比古に向かっていく。しかし彼は全力で体当たりした由弦を軽々と蹴り上げた。

「……っ」

再び地面に叩きつけられ、痛さに唇を噛む。

「くそっ！　蓮の庭園など滅びてしまえばいい！」

奈流比古の不穏な言葉に、遠心が朱色の双眸を見開いた。

「奈流比古……様、蓮様の庭園には……何もしないと、お約束を……っ」

「うるさい！」

ぱんっと再び音が聞こえた。遠心の頬を奈流比古が平手打ちしたのだ。

「や、やめろ！」

由弦は地面を這いながら奈流比古の足にしがみつく。

「邪魔だ」

奈流比古に踏みつけられ、背中に鈍い痛みが走った。それでも奈流比古の足にしがみついたまま放さない。

　これ以上、遠心を傷つけてほしくない。その思いを両手に込めて、奈流比古の動きを止めた。

「いい加減にしろ。邪魔だと言っておる。さっさとわたしから離れろ」

「い、いやだ……、もう遠心に……ひどいことをしないと……約束しろ……っ」

「お前――」

　全身の痛みから、呼吸が浅く、速くなった。目眩を感じながらも、視線を真っ直ぐに奈流比古へ向け、叫ぶ。

「もう遠心に近寄らないで！」

「やかましい！」

　地面についた腹を掬《すく》い上げるように蹴られて、由弦は「ぐっ」と呻いた。あまりの痛みに、額に脂汗が浮かぶ。

　その様子を見た遠心が渾身《こんしん》の力で奈流比古の腕を振りほどき、由弦を助けようと、よろめきながら間に入る。

「奈流比古様、やめてください！」

「遠心――わたしに逆らうのか？　美月を夫から引き離し、わたしの庭園から追い出してもよいのだな？」

「そ、それは……」

言い淀《よど》んだ遠心が唇を噛んで、奈流比古に頼りない双眸を向ける。

しかし、迷いから不安そうに揺れていた瞳に、徐々に強い光が差していく。

遠心が両の瞳に意志を宿し、腹の底から声を振り絞った。

「蓮様に相談します！　もう奈流比古様の言いなりにはなりません……！」

「なんだと！　遠心、もう一度言ってみろ」

由弦を踏みつけ、奈流比古が遠心を突き飛ばした。

「や、やめろ……、遠心に……手を出すな……」

奈流比古の足に両手でしがみつき、今にも遠心に摑みかかりそうな勢いを懸命に止める。

「しつこい男だ……！」

奈流比古は忌々しそうに吐き捨てると、もう一度足を振り上げた。

しかし、それが由弦を攻撃することはなかった。

静かに足を下ろした奈流比古がゆっくりと目を閉じ、自身を落ち着かせるように深い呼吸を繰り返す。じきに大きく息をついた。

「八雲に似た顔で……全く、調子が狂うではないか」

ぽつりと落とされたつぶやきに顔を上げると、奈流比古が眉間に深い縦皺を寄せて由弦を見下ろしている。

「……っ……遠心、だいじょ……ぶ？」

奈流比古の怒りが逸れた隙によろよろと立ち上がり、しゃがみ込んでいる遠心の肩をさすった。

「由弦、さん……」

涙を滲ませる遠心を背に庇い、由弦は奈流比古と改めて向かい合った。

「奈流比古様……二度と、遠心にこんなことをさせないで！　それから、お姉さんの幸せを邪魔しないと約束してください……！」

由弦の剣幕に、奈流比古が渋面になった。

「お前は、怒った顔も八雲に似ている」

「……」

奈流比古は顔を背けるようにして視線を池へ移した。由弦も同じように視線を向けると、刻々と色を濃くしていく夕焼けを映した池が薔薇色に輝いている。

「……わたしと蓮は長い付き合いだ。暴れ者だった野狐の蓮が、藤波の祖先に助けられ、天狐になってこの庭園の守り神になるところも見てきた。結界を緩めて、隣り合った庭園を互いに行き来し、この庭園内を蓮とよく歩いた。こうして二人で池を眺めたりもした」

砂埃《すなぼこり》で汚れた藍色の着物姿のまま、由弦は黙って奈流比古の話を聞く。

記憶を辿るような奈流比古の顔に、ふいにほの暗い陰が落ちた。

「昔――わたしはこの庭園にいつものように遊びに来て、蓮の里人で神社の宮司の次男だった八雲と出会った。優しい面差しをしているが芯の強い男で、わたしはひと目で八雲に恋をした。あれほど激しい気持ちを抱いたのは初めてだった。八雲は蓮と仲がよかったが、幸いなことに二人はまだ結ばれていなかった。わたしは蓮に奪われる前に八雲を手に入れたいと、力ずくで八雲と契りを交わした。そして花嫁にしてわたしの庭園に迎え入れた。それから八雲に里心がつかぬように現世に行くことを禁じ、蓮とも会わぬように軟禁した。しかし、八雲の中には蓮がいて、何度抱いても決してわたしに心を許すことはなかった。そしてこれから先も、ないであろう」

八雲だけを想い続けている奈流比古の切ない気持ちが伝わってくる。

「由弦よ、お前にわたしの気持ちがわかるか？　何十年も愛情を注いできたのに、叶わないわたしの気持ちが。しかも八雲が愛しているのはわたしの友人だった男なのだ」

精悍な奈流比古の顔がゆがみ、彼は片手で顔を覆った。

「今でも八雲はわたしに抱かれることを嫌がる。力ずくで抱くしかないのだ。あれの心には蓮がいる。なぜだ……なぜ、そこまで蓮のことを……」

「奈流比古様」

由弦は静かに奈流比古の名を呼んだ。逆鱗《げきりん》に触れるかもしれないという恐怖より、彼のために伝えておきたいという気持ちが勝り、思い切って告げる。

「すみません、あなたの話を聞いて、僕は八雲さんの気持ちを考えました」

「――八雲の気持ちだと？」

怪訝《けげん》な表情の奈流比古に、由弦は真摯な口調で続けた。

「好きだった人の友人に無理やり抱かれ、そのために好きな人を諦めざるを得なかった八雲さんの気持ちを考えると……」

「黙れ！」

空気を揺るがすような奈流比古の怒声に、びくりと体が震えた。

しかし由弦は、震える喉を叱咤する。

「そして、蓮様も……どれほどつらかっただろう……と。信頼していた友人に想い人を奪われた哀しみと、八雲さんへの強い思慕を……」

「黙れと言っている！」

怒りで蒼白になった奈流比古が手を振り上げ、左頬に痛みが走った。

平手打ちされても、由弦はただ一心に奈流比古を見つめ続ける。

（奈流比古様は気性が激しい。穏健《おんけん》な蓮様と違う……でも、この人も八雲さんのことを一途に想い続けている……）

彼の胸の奥に渦巻く感情が、由弦にはわかる気がした。なぜなら、誰かを一途に想う気持ちは一緒だからだ。

「僕自身も、蓮様への気持ちを振り切れていません。みんなそれぞれ想う人がいて……その想い人の幸せを願って進む道を決めるのだと思います」

「想い人の幸せだと？」

「そうです。僕は、蓮様に幸せになってほしい……！」

奈流比古は言葉を失くして、美しい夕焼け空を仰ぐ。幾筋もの茜色の雲の波が走り、燃えるような色彩が奈流比古を包み込むと、彼は小さく息をついた。

「お前は、やはり八雲に似ている。弱そうに見えて、強いところも」

奈流比古は長い金髪を掻き上げ、その手をすっと払った。

「わたしは――もう、疲れた。八雲が蓮と会っているのではないかと疑い、遠心を利用して蓮の行動を探り……それでも八雲はわたしの目を盗み、蓮と逢瀬を繰り返しているのだろう。わたしには二人を止めることはできないのだ」

自嘲気味に笑う奈流比古の姿に胸が痛む。

由弦自身も八雲の身代わりでしかなかった。

裏切られたような深い哀しみを感じているからこそ、奈流比古の気持ちが他人事《ひとごと》ではなく、その苦しさを理解できた。

奈流比古は目を眇めるようにして由弦を見つめ返した。揺れる金色の瞳に由弦が映っている。

（奈流比古様……）

ああ、この人はこんなにも哀しんでいる。

由弦の目に涙がじわりと浮かび、二人はしばし、無言で見つめ合った。

さわさわと周囲の木々の葉が揺れた刹那、奈流比古がハッと池の方へ顔を向ける。

正確には池の上空に。そこだけ黄金色の風景がゆがんでいた。

じきに白煙が上がり、中心の穴が大きくなる。鮮やかな紫色の袍と銀髪を風になびかせながら、蓮が華奢《きゃしゃ》な男性を横抱きにして中から姿を現した。

そのまま池の近くへ、爪先からゆっくりと着地する。蓮の背後の穴が小さくなって、周囲の景色は元に戻った。

蓮と目が合い、小さく息を呑む。その眉が訝《いぶか》しげにひそめられる。

「——由弦、着物が汚れている。それに頬も赤い。もしかして怪我をしたのか？」

「だ、大丈夫です」

上ずった声の由弦の隣で、奈流比古が顔を強張らせ、低い声を出す。

「蓮よ。わたしの庭園の結界を抜けて……八雲を連れ出したのか」

蓮が抱いていた男性……八雲がゆっくりと蓮の手を離れ、真っ直ぐに奈流比古へと眼差しを向けた。

「奈流比古、どうして蓮の庭園にいるの？」

蓮の隣に立った八雲がそう尋ねた。

やわらかな黒髪に同色の瞳をした彼は、女性用の着物を着ている。青地の小袖の上に花車の紋様が染め抜かれた藤紫色の打掛は、色が白くて桜色の唇をした彼によく似合っていた。

（この人が、八雲さん……本当に僕に似ている……）

祖父の弟なのに、八雲は由弦と同じくらい若く見える。

蓮の想い人を前にして、由弦は乱れる気持ちを落ち着かせようと、ぎゅっと拳を握りしめた。

奈流比古の額に深い縦皺が寄る。

「八雲……、わたしに言うべき言葉は、他にないのか」

「もう、奈流比古は話が通じないから困るよ。どうして蓮の庭園に来ているのって、僕が尋ねているんだけど？」

黙った奈流比古にため息を落とし、八雲は由弦の方を見た。

「君が由弦君？」

「あ、はい」

途端、八雲の顔がぱぁっと輝き、両手を胸の前で合わせた。

「忍兄さんのお孫さんでしょ？　蓮から聞いているよ。どうぞよろしくね」

蓮から八雲のことは何も聞いていなかったが、彼は八雲には由弦のことを話していたようだ。

その事実に心が重くなりながらも、由弦は頭を下げる。

「よ、よろしくお願いします」

「忍兄さんが鬼籍《きせき》に入ったことは、蓮から聞いている。ねえ、今の青元神社はどう？」

「神社は父が継いでいます」

「そう……なつかしいな。由弦君に会えてとてもうれしい。ふふ、蓮が言った通り、君と僕はよく似ているね」

天真爛漫《てんしんらんまん》な笑顔を蓮へ向ける八雲に、奈流比古の表情が不機嫌さを増す。

「よくも今まで、わたしを謀《たばか》ってくれた。八雲、蓮とどうやって連絡を取り合っていた？」

「別に、連絡なんて取り合ってないよ。ねえ、蓮」

自然な動きで八雲が蓮の腕に手を添える。それを見た奈流比古の顔が、さらに激しくゆがんだ。

「八雲、わたしは部屋から出るなと言ったはずだ。それなのに、なぜ蓮と一緒にここにいる！」

怒りを含んだ奈流比古の声は、どこか虚《むな》しさを帯びて切なげに響いた。その声を受け止めるように蓮が静かに口を開く。

「庭園の様子を霊鏡で確認したら、奈流比古が由弦と会っているところが映った。私が戻ろうとすると、八雲が一緒に行くと……」

「黙れ、蓮。八雲に訊いている。わたしの邸《やしき》から勝手に出て、しかも結界を越えて蓮の庭園に来るなど、どういうことだと問うておるのだ！」

「……」

八雲は黙ったまま顔を伏せた。まだ八雲の手は蓮の腕に添えられたままで、その様子に奈流比古だけでなく、由弦の心までひしゃげてしまう。

「奈流比古、いつまで八雲を軟禁するつもりだ。いい加減に自由にしてやってくれ」

「口出し無用ぞ、蓮！　貴様には庭園に入るなと言っておいたはずだ。わたしが留守だと知りながら、なぜ無断で結界を通ったのだ！　答えよ！」

逆上し叫んだ奈流比古に、蓮はぐっと口元を引き結んで答えた。

「八雲に会いに行った」

「貴様……っ」

激高した奈流比古の拳が震えているのを見て、八雲が言い返す。

「僕だって、ずっと神殿の中にいたんじゃ、外に出たいと思うのは当然のことでしょ。何度もそう言っているのに奈流比古はいつも怒ってばかりだ。蓮は僕の気持ちをわかってくれるのに……」

不満を漏らす八雲に、奈流比古の双眸に怒りの炎が揺らいだ。

「蓮と会うことは許さぬ！」

「奈流比古！　八雲を軟禁するのは止めろ――」

「口出し無用だと言ったであろう、蓮！　お前のせいで八雲を軟禁せねばならぬと言うのに……よくも……！　許さぬ……！」

奈流比古は血走った目を蓮へ向けると、怒りに任せて両手で印を切った。

呪文を唱えた直後、突風が吹き荒れる。直後、蓮が咄嗟に印を切り返した。

青白い光線が火柱のように上がり、由弦は守り神たちの力に慄《おのの》きながら、背に庇った遠心を抱き寄せる。遠心も神々の力を目にするのは初めてなのか、息を呑んで由弦に身を任せた。

激しい力が相殺された瞬間、八雲が奈流比古に走り寄る。

「奈流比古！　蓮を恨まないで。僕を思って行動してくれているんだ」

「八雲……」

大きく息を吐いた奈流比古の瞳の奥に、暗い光が宿る。

「蓮のことがそんなに心配か。そうか、やはりわたしは蓮には敵《かな》わないというわけか――」

消沈した奈流比古を確認した蓮がふと、こちらを振り返った。

「遠心、なぜここにいる？」

気遣うように問う蓮に、遠心はおそるおそる顔を上げた。

「蓮様……すみません。オレは……」

姉のことがあるので、蓮の味方をすることができないのだろう。遠心が視線を逸らし、申し訳なさそうに顔を伏せた。

「——遠心」

奈流比古が低い声で呼ぶと、青ざめた遠心が傀儡《かいらい》のように立ち上がり、ぎくしゃくと近づいていく。

「は、はい、奈流比古様」

くくく、と喉を鳴らして、奈流比古が諦念《ていねん》の笑い声を上げた。

「もうよい。そなたの姉、美月に里帰りをすることの制限を解き、自由にしてやろう。美月にもつらい思いをさせた」

意外な奈流比古の言葉に、遠心は驚きながら息を詰める。そんな驚愕《きょうがく》する遠心を見て、奈流比古がゆっくりと頷いた。

遠心の唇が小刻みに震え始める。その顔は今にも泣き出してしまいそうだ。

「奈流比古様、本当に姉様は……」

「ああ、美月から預かっていた手紙はわたしが止めていたが、これからはきちんと送る。今後、夫と仲睦《なかむつ》まじく暮らす美月の邪魔をしないと約束する。だから安心しろ」

遠心の瞳から堪えていた涙がこぼれ落ち、濡れた頬に喜びの涙が次々流れ落ちる。

感情の赴くまま涙をあふれさせる遠心の様子に、奈流比古の双眸がゆっくりと細くなる。

「遠心、これからは蓮にだけ仕えていればよい。お前にもつらい思いをさせた」

「奈流比古様……お、オレ……」

涙を拭いながら喉を震わせる遠心に、由弦は明るい声をかける。

「遠心、コハルが一緒に遊んでほしいって言っていたよ」

涙で濡れた顔を由弦に向け、遠心は深々と頭を下げた。

「ゆ、由弦さん……オレ、嫌な態度取って……申し訳ありませんでした。それなのに、助けてくれて……ありがとうございます。家族に何も言えなくて……コハルをひとりにして。オレ……」

深く頭を下げ続ける遠心に、蓮が近づいた。

奈流比古との会話で何があったのかわかったようで、眉根を寄せたまま痛々しい表情をしている。

「遠心、ひとりで悩んでいたのか。すまなかった」

「蓮様――」

「気づいてやれなかったこと、心から詫びさせてほしい。今後、困ったことがあれば私に相談してくれ。遠心は大切な庭園の住人だ」

遠心の頬に止むことのない涙が伝い落ちる。蓮がそっとその涙を拭った。

「神殿でコハルや露無、藤里たちが待っている。行きなさい」

「は、はい……っ、蓮様、由弦さん……あ、ありがとう、ございました……」

ぐいっと腕で顔を拭って一礼すると、遠心は力強く神殿の方へ走り出した。

（——遠心、よかった……）

由弦は遠心の背中を見送ってほっとする。

「……八雲よ」

奈流比古の金色の双眸には、もう怒りの色は見えない。

「それほど蓮が恋しいのなら好きにしろ。行きたいところへ行けばよい」

「え？」

八雲は大きな目を限界まで見開いた。

「最初に結ばれた相手との婚姻は永劫《えいごう》続くが、わたしはもうお前たちの邪魔はしない。これからは蓮の庭園で暮らせばいい」

決意が込められた奈流比古の言葉が、静謐《せいひつ》な空間に凛と響いた。

それは、奈流比古なりに八雲の幸せを考えての、最善のすべなのだろう。

先ほど由弦が伝えたかった「想い人の幸せ」を奈流比古は考え、決断したのだ。

「好きなところへ行け。強引にお前を奪って悪かった」

少し頭を傾けた奈流比古のそれは、謝罪のつもりなのだろうか。

彼は顔を上げると、八雲の方を見ずに、踵を返した。

啞然と固まっていた八雲が、絞り出すように声を上げる。

「奈流比古……そんな言い方はないだろう。寝ている振りをして部屋を抜け出したことは悪かった。でも、いくら外へ出してほしいと言っても軟禁を止めてくれないから……」

振り返った奈流比古が八雲を見つめる。

「そうだな。お前と長く暮らしたが、ずっと蓮へ強い気持ちを抱いていたことは、わたしが誰よりも理解している。もうよい。悪かった」

「待て、奈流比古——」

何か言いかける蓮を、奈流比古が鋭く睨みつける。

「黙れ、蓮。お前の話は聞きたくない」

蓮が困ったように銀髪を掻き上げ、口を開いた。

「奈流比古、落ち着け。私は八雲と連絡を取っているわけではない。現に私からの手紙はお前が燃やしているのだろう？　今回は由弦のことを報告したくて会合を欠席し、奈流比古が留守の間に会いに行った。由弦が現世に戻る日も近い。彼が庭園にいるうちに八雲に伝えてやりたかった。それだけだ」

「会っただけではないだろう。どの口が……いや、もういいのだ。二人共、好きにすればよい」

奈流比古の瞳の奥に、失望の色が揺らいでいる。無理に作った笑顔から、由弦は黙って目を伏せた。

背中を向けた奈流比古に、八雲があわてて駆け寄った。

「奈流比古？　さっき僕との婚姻を解消するって言ったけれど、あれって本気なの？」

「――ああ、本気だ。もうよい。――幸せになれ」

つぶやくと、奈流比古は印を切り、右手を掲げて結界を緩め、穴の中へと消えてしまう。

「奈流比古、待って!!」

ゆがんだ空間が閉じる直前、八雲が穴に飛び込んだ。

八雲は大好きな蓮がいるここに留《とど》まらず、奈流比古の後を追った。それは、どういうことを意味するのだろう。

蓮がそばに来て、呆然となっている由弦の肩に手を置いた。

「大丈夫だ、結界を通って、二人はじきに奈流比古の庭園に戻るだろう。いろいろあって驚いたと思う。とにかく神殿へ戻ろう。おいで、由弦」

「蓮様――」

優しい眼差しと鷹揚とした声に、胸の中が掻き回される。

（僕は……やっぱり、蓮様のことが好きだ……。でも……）

由弦は拳を作り、あふれ出しそうな気持ちを抑え、頭を下げた。

「すみません。僕は現世へ帰ろうと思います。今まで、あ、ありがとうございました」

その言葉に蓮が目を見開いて、「なぜ？」と尋ねてくる。

「大学はまだ冬休み中ですが、そろそろ準備というか……それに、伊織に会いたくなって。ま、また遊びに来させてもらいます。た、楽しかったです」

蓮は口早にまくし立てる由弦をしばし無言で見つめた。

「由弦、本当に帰りたいのか？　確かに約束の期限はあとわずかだが、なぜ急いて帰ろうとする――？」

由弦は嘘が悟られないように、揺れる思いにじっと耐えた。

「か、帰る日が数日早まっただけです。僕には神社を継ぐ者として、やることがあります」

蓮は天を仰ぐと、小さく息をつく。

「――駄目だ」

はっきり告げられた言葉に、由弦は目をまたたかせた。

「そなたの意志は尊重する。しかし今は駄目だ。なぜ急に、それも私が留守の間に帰ろうとした？　結界に緩みがあったし、そなたがここにいるということは私に告げず帰ろうとしていたということだろう？」

「それは……家族に、会いたくなったんです」

「……由弦！」

強く腕を引かれ、蓮の逞しい腕に横抱きにされ、由弦は体を強張らせた。

「神殿へ戻る。話はそれからだ」

有無を言わせない蓮の強い口調と厳しい表情に何も言えなくなり、そのまま連れ戻された。

8

空は濃紫へと色を染め変え、葉音を立てながら風が吹き渡っていく。

蓮に抱かれた由弦の黒髪が風に揺れ、あっという間に神殿へ着いた。

両開きの扉の前に立つ従者が慇懃に入口を開け、そのまま邸の中へ入ると、蓮はそっと由弦を下ろした。

「そなたの部屋で話そう」

蓮は由弦の腕を掴むと、回廊を歩いて行く。

「あっ、由弦さん！　蓮様、おかえりなさーい！」

食堂から出てきたコハルが蓮と由弦を見て、ぱぁっと顔を輝かせ、ぱたぱたと駆け寄ってきた。

「少し前に兄さまが戻ってきて、父さまとお話されているの。兄さま、後でボクと遊んでくれるって。

すごくうれしい」

「そう、よかった……！」

しがみつくコハルの頭を撫で、背中をそっと抱きしめる。

藤里も顔を出し、笑顔で声をかけてきた。

「おかえりなさいませ。お茶を淹れてお持ちいたします」

「藤里、コハル、私は由弦の部屋で話がある。少しの間、二人きりにしてほしい」

「畏まりました」

藤里が頭を下げ、コハルは兎耳を弾ませながら手を振った。

回廊を過ぎて由弦の部屋だった客間の扉を開けると、室内はそのままだった。

神殿を出る前に書いた毛筆の手紙が置かれた文机を見て、蓮が表情を引き締め、すぐに墨で書かれた手紙を手に取って読み始める。

耳が痛いほどの静寂が積もり、由弦はいたたまれない気持ちでうつむいた。

「この手紙は、由弦が書いたのだな」

「……はい……」

「由弦、こちらへ」

手紙を机上へ戻し、視線を由弦へ転じた蓮が屏風のそばに座った。

由弦は文机をはさむようにして向かい合い、畳の上に正座する。

「なぜ、急に人間界へ帰ろうとしたのか、本当の理由を教えてくれ」

膝に手を置いた蓮の唇が、真一文字に結ばれている。

「それは……」

なんと言えばいいのか迷いながら、由弦は視線を泳がせた。

「由弦——なぜ私が戻ってくるのを待たず、ひとりで結界を通ろうとした？」

「……実は大雅さんから蓮様と八雲さんのことを聞いて……あの、大雅さんは親切で教えてくれたんです。蓮様と話し合うようにと……」

言い逃れができず素直にそう答えると、蓮の表情が変わった。

「大雅は長年そばにいる側近だが、私が八雲に会いに行くことを常に反対していた。だいたい、由弦が何を言われたのかわかる」

ひとつ大きく息をついて、蓮は由弦を真っ直ぐに見つめた。

「由弦が庭園を出ようと思ったのは、私が八雲と会ったことが原因なのだな」

由弦は神妙な面持ちで頷いた。

蓮は窓の外に視線を向け、黄金と紫が混じった色へ変化していく空を見て、ゆっくり眼差しを戻す。

「八雲にそなたのことを話したのは、彼がずっと青元神社のことを気にかけていたからだ。だが私は由弦に、八雲のことをひとことも話さなかった。そのことは、すまないと思っている。だが……」

真摯に謝罪の言葉を告げた後、八雲のことを知らせなかった理由を口にしそうな気配を感じ、動揺する。彼の口から理由を聞くのが怖かった。

「ぼ、僕は庭園で、楽しい時間を過ごせました。それだけで十分です。蓮様、ありがとうございました」

由弦は早口でそう言うと、畳に手をつき、深く頭を下げる。

「待ちなさい、由弦。そなたにとって八雲は血が繋がった大叔父だから、里心がつくかもしれないと懸念した。庭園にいる間は、家族のことを忘れて過ごしてほしかった——だから八雲のことを知らせなかった」

（え、どういうこと？）

予想していた理由とは違い、困惑気味に蓮の澄んだ瞳を見つめると、彼はいささか決まり悪そうに小さく首を振った。

「奈流比古と同じだ。そなたに里心を持ってほしくなかった。だから言わなかった」

言葉の真意がわからず、由弦は戸惑う。

「僕は、神社の跡継ぎなので、いつまでもこちらでお世話になるわけには……」

「由弦」

蓮は文机を押しやって、由弦の傍らに来ると、切願するような声で低くつぶやいた。

「私から目を逸らさず、答えてくれ」

「は、はい」

おずおずと顔を上げた由弦の細い顎に、蓮がそっと手をかける。

「由弦、私のことを好きだと言ってくれたが、気持ちが変わってしまったのか？　まさか奈流比古に心が動いたのか……？」

由弦は強く首を横に振った。

「いいえ……蓮様のことを一番大切に想っています。蓮様から愛しい、と言ってもらえて、本当にうれしかったです。その言葉だけで、僕は充分幸せでした」

蓮から身代わりとしてでも好いてもらえた。短い間だったが、彼のそばで過ごせた。それだけで由弦の想いは報われた。

言葉にするごとに目の奥がじわじわと熱くなり、息をついて居住まいを正すと、蓮に精いっぱいの笑顔を向ける。

「奈流比古様と別れた八雲さんが、これからは蓮様のそばに、ずっといてくれると思います。よ、よかったですね……」

押し出した声はひどく上ずっていた。

平気な振りをしないといけないのだと心の中で自分を叱咤すると、蓮の大きな手が由弦の肩に置かれた。

そこから伝わる熱に、抑えようとしている彼への気持ちがあふれ出てしまいそうになる。

体が小刻みに震え、それを隠そうと再び顔を伏せると、包み込むように肩を抱き寄せられた。

「由弦、八雲のことなら、何も心配することはない。奈流比古も大雅も誤解している」

由弦は濡れた双眸をまたたかせ、顔を上げる。

蓮は、由弦の肩を抱き寄せたまま、静かな口調で言葉を続ける。

「八雲は優しく聡明で、弟のように大切な存在だ。幸せになってほしいと願っている。奈流比古が八雲を強引に花嫁にしたことは許せないが、彼はその後も一途に八雲を愛してきた。だが奈流比古は嫉妬深くて、西南西の庭園に八雲を何十年も軟禁するような状態が続いている。奈流比古に何度も八雲を自由にするように進言したが、彼は私が八雲を欲していると疑い、私と八雲が連絡を取ることさえ禁止した」

「蓮様は、何度も八雲さんに会いに行ったと……」

禁止されても、奈流比古が留守の間、蓮が何度も西南西の庭園へ出向き、八雲と密会していると大雅から聞いているし、今日も奈流比古の留守中に八雲と会っていた。

「見知らぬ庭園でひとり、軟禁されている八雲が気の毒で、何度か様子を見に行ったのは事実だ。それに青元神社の様子を知らせると、八雲は喜んだ。彼は私のことを兄のように慕ってくれている。今日、八雲に会いに行ったのは、奈流比古にも告げたように彼に由弦が私の庭園にいることを知らせたかったからだ。青元神社のことを、八雲は今でも深く愛しているから――」

そっと身を離し蓮の瞳を見つめると、青色の双眸の中で由弦が揺れている。

「由弦――嵐の後、青元神社の境内でそなたの優しさに触れた時から、ずっと気になっていた。霊鏡で青元神社の境内を見守り続けてきた。弟と一緒に境内で遊び、やがて小さな手で箒を持つようになり、みるみるうちに成長して……。私は由弦を見守るうちに再び会いたいと思うようになり、そなたが鳥居のそばにいる時、わざと結界を緩めた」

蓮がそうまでして会いたいと思ってくれたのは、由弦が八雲に似ていたからだ。

（弟のようだと言ったけれど、やはり蓮様は八雲さんのことを……）

大雅から告げられた時より、蓮本人からその想いを聞かされた方が大きな衝撃を受けるだろう。

今の自分の気持ちは、憧れや尊敬では済ませられない深いものになっていることを思い知らされ、肩が小さく震えた。

耳元でもう一度「由弦」と優しく名を呼ばれ、ためらいがちに顔を上げる。

蓮は真剣な表情のまま、噛みしめるように言う。

「霊鏡を通して由弦を見守っていくうち、精進を厭《いと》わぬ心映え、体が弱くても決めたことをやり通す芯の強さ、そして周囲への思いやりと心根のあたたかさを知り、八雲に感じたことのない気持ちを由弦には感じていた。庭園へ来た日、コハルを助けようと勇敢にも池に飛び込んだそなたを見て……あの時に抱いた燃えるような想いが、庭園で共に過ごすうちにさらに大きくなっていった。私が愛しているのは由弦、そなたひとりだ」

その言葉に、由弦は呼吸を止めた。

「……蓮様……ほ、本当ですか……？」

蓮は真摯な眼差しのまま、呆然と固まる由弦の肩を再び抱き寄せた。

抱擁される逞しい腕の中で、耳元に「本当だ」と優しい囁きと共に熱い吐息が落ちる。

「れ、蓮様は、八雲さんのことを想っているのだと……」

「私にとって八雲は大切な友人であり弟だ。同じように、八雲にとって私は兄のような存在だ。奈流比古は多少乱暴な神だが、根は優しく、八雲を心から愛している。八雲もそんな奈流比古に惹《ひ》かれているのに、強引に花嫁にされた事実が邪魔をして、二人は互いに素直な気持ちを伝えられていない。ずっとすれ違ってきた二人が、互いの気持ちを吐露し合えることを私も望んでいる」

奈流比古はずっと、八雲が蓮に惹かれていると思い込んできた。強引に奪った自分を好いてくれるはずなどないと。

だが八雲は、不器用ながら真剣に想いを寄せてくれている奈流比古に惹かれているのだという。

「そうだったんですか。よかったです……八雲さんの気持ちを知ったら、奈流比古様がどれほど喜ぶか……」

八雲と奈流比古が幸せになってくれることは、この上なくうれしい。

気持ちがようやく落ち着き、安堵で泣き笑いの表情になった由弦を見て、蓮も笑顔を返してくれた。

「由弦」

「は、はい」

「自分以外の者のために喜び、頑張ろうとするそなたを心から愛しいと思っている。由弦、私の花嫁になってくれるか？」

胸を突かれて、由弦は思わず息を呑んだ。

身代わりではなく、心から花嫁にと望まれ、歓喜のあまりわなわなと身震いが起こってしまう。

小刻みに肩を震わせる由弦を、蓮はあたたかな眼差しで見つめた。

「答えてくれ、由弦。私の花嫁になってくれるか」

珍しく急かすような口調になった蓮に、堪えていた涙があふれた。畳に手をつき、深く頭を下げる。

「僕は、体が弱くて……蓮様にふさわしい素質も能力も何も、持ってません。神社を継ぐという夢もあります。それでも許されるのなら……蓮様のそばに、いたいと思っています」

「私の花嫁になってくれるのだな」

緊張した蓮の声に、由弦は「はい」とかすれる声で返事をする。

ようやく蓮の強張っていた表情が緩み、やわらかな微笑みが浮かんだ。

「本当に、僕でいいのですか？」

「そなたしかほしくない。そなたの神社を継ぐという夢を私も応援する。毎晩私が、花嫁であるそなたに会いに現世へ行く。よいな？」

手首を押さえられ、ふわりとやわらかな唇が落ちて由弦の唇を優しく食《は》む。

「蓮さ……っ、あ……、んぅ……」

顎を摑まれ、強引に熱い舌が差し込まれた。角度を変えながら、口づけが深まっていく。

舌が絡めとられると同時に、蓮の指先が由弦の喉元を辿った。

彼の手が愛撫《あいぶ》するように動き、口腔内を強く蹂躙《じゅうりん》されて、頭の中が白く塗りつぶされていく。

「……はぁ、——あぁ……」

ようやく唇を離されて大きく息を吸うと、蓮が袍を脱ぎ捨てた。

「れ、蓮様……っ」

「こんな気持ちは初めてだ。他の誰もそなたの代わりにはなれない。大切な存在だ」

じっと見つめてくる眼差しに熱がこもっている。

「私は……由弦を愛している」

真摯に告げられる想いに、ドクドクと鼓動が早鐘を打ち付け、頬が燃えるように熱くなった。

真っ赤になった顔が恥ずかしくてうつむくと、後頭部に手が添えられ、強制的に目を合わされた。

「由弦――そなたの気持ちは？」

「ぼ、僕も……蓮様のことが好きです。心から、愛しています」

由弦自身、初めての恋だった。朱色を帯びた顔とは対照的に、緊張から指先が冷たく震え、声がかすれてしまう。

「そなたを私のものにしたい。……今なら奈流比古の気持ちが深くわかる。どうしても手に入れたかった気持ちが――。これから先もずっと愛し続ける自信がある。大切にし、幸せにする決意が――」

八雲の気持ちを考えず強引に奪った奈流比古を責めてきた蓮が、由弦への想いを前に、抑えられない恋心を初めて理解したようで、切なく目を細めている。

「由弦、私を受け入れてほしい」

逞しい体に抱きしめられ、由弦はこくりと頷いた。

「あ……」

単衣の裾がめくられ、脚の間に蓮の手が滑りこんでくる。

優しく内腿《うちもも》を撫でられて、由弦は耳まで真っ赤に染めて打ち震えた。

「……れ、蓮様……」

「何も恥ずかしがることはない。由弦は私の大切な花嫁なのだから――」

頭の芯が痺れ、羞恥で頬がさらに熱くなったが、その言葉には首肯する。

袍の小紐を解いてその下の白色の単衣、金色の指貫と表袴《うえのはかま》も脱ぎ捨てた蓮の、鍛えられたしなやかな体に、視線を奪われた。

「蓮様――」

凛々しくも艶めいた魅力にあふれた蓮が、着ているものをすべて脱ぎ捨て、逞しい体をさらしている。

「そのような目をされると、余裕がなくなってしまう」

そう告げられて視線を彷徨わせた由弦は、すでに隆々と屹立《きつりつ》した蓮の分身にハッと目を見開いた。

同じ男として自分の分身とは比べものにならない、彼の引き締まった下腹部に反《そ》り返る灼熱《しゃくねつ》の大きさと太さに釘付《くぎ》けになる。

こくりと喉を鳴らした由弦に、蓮があざやかな笑みを浮かべた。

「そなたが私を昂らせている……」

蓮は由弦の単衣を剥《は》ぎ取り、そのまま押し倒した。

「あ……っ、僕を、見ないで……」

彼と比べると慎《つつ》ましやかな自分の分身を恥じて身をねじると、ゆっくりと抱きしめられて、肌から伝わる彼の熱に、一気に全身の血が沸騰したようになる。

「由弦が恥ずかしがっても止めるつもりはない。そなたのすべてを私のものにしたいのだ」

腰を押さえつけられ、脚の根元で分身が露わにされた。

内腿へ口づけながら、蓮は自然な動きで由弦の脚を割り開くと、ぴくぴくと震える分身を口に含んでしまう。

「あぁっ――や、や……っ」

敏感な分身を甘く吸われ、うねるような疼きが下肢に走る。

守り神が自分のものを咥《くわ》えている事実に、由弦は愧死《きし》しそうになって爪先を震わせた。

「や、やめて……っ、れ、蓮様……っ」

腰に回された手で動けず、ぴちゃぴちゃと淫らな水音が響く合間に、蓮の声が混じる。

「そなたのものは、すべて私のものだ」

妖艶な笑みを浮かべ、蓮が焦《じ》らすように優しく分身に舌を這わせた。

根元から先端へ、さらに裏筋へと、自らの性器がぬるりとした感覚に包まれ、頭の中が真っ白になっていく。

「……あ、や……っ、んん――」

蓮の口腔内にすっぽり咥え込まれた分身が、巧みに動く舌になぶられて、初めて感じる痛いほどの快感に包まれる。

「あぁっ、あ……！」

甘美な痺れに、由弦は震える白い喉を弓なりに反らした。

同時に、クチュクチュと聞こえる水音に刺激され、肌が粟立《あわだ》つ。

彼に咥え込まれた分身が、湧き上がってくる熱で激しく脈打ち、下腹の奥深いところが熱く疼いて堪らない。

「は……、うぅ……んっ……だ、駄目です……っ」

このままでは蓮の口の中で爆《は》ぜてしまいそうで、由弦は懸命に逃れようとした。

その瞬間、一気に根元まで咥え込まれ、強く吸い上げられてしまう。

由弦は咄嗟に体をねじるようにした。呼吸が止まり、弾《はじ》けそうな感覚をぎゅっと目を閉じて耐える。

刹那――。

「あ……あああぁっ！」

硬く漲った由弦の分身が、先端から白濁を噴き上げた。

「はぁ、はっ……」

じわじわと脱力した細い体軀を、蓮がぎゅっときつく抱きしめてきた。

「由弦、私の口の中に出してもよいものを」

目を眇める蓮に、由弦は必死になって首を横に振った。

「そなたのものはすべて愛おしい」

耳元で囁きが落ち、耳朶を舐《な》められた。

かかえるようにして由弦の腰を抱き寄せると、双丘《そうきゅう》を撫でながら柔襞《やわひだ》を割った蓮の指が、窄《すぼ》まりに入り込んでくる。

「あぁっ……蓮様……」

「そなたのここは愛らしいが、なんという小ささだ。そなたは無垢《むく》なのだな」

昂った声を漏らした蓮が、由弦の真っ赤に染まった頬から首筋にかけて、優しくついばむように口づけを落としていく。

「男同士が繋がる時は、ここを使う。そなたの体を痛めないように、香油を利用した方がいいだろう」

蓮は棚の中から小瓶を取り出し、自らの手にそれを滴らせる。

甘い花の香りが広がり、それを右手の指先で掬って蓮が由弦の後孔の中へ入れた。

「ふっ、ぅ……っ」

内部に侵入してくる初めての異物感に思わず腰が引けて、怯えたように彼を見上げると、青色の双眸と目が合った。

「蓮様……」

「大丈夫だ。体の力を抜いてくれ」

頷いた刹那、蓮の指が粘膜を穿《うが》ち、奥を突いた。

「——あ、あ、あ……っ」

「由弦は敏感だ」

抱き寄せながら、蓮が窄まりの中の指を動かした。

腰の奥へと進めてくる指の感触に、全身の血が沸騰しそうになる。

「う……、あぁ……っ」

一度達した分身が硬さを増し、由弦は赤い顔で身悶《みもだ》えた。

「大丈夫だ、由弦——ああ、そなたの肌は外側も内側も、吸い付いてくるようだ」

優しく由弦の唇をなぞるように、蓮の左指が触れる。

その手が顎にかかり、ゆっくりと唇が重ねられて、由弦の鼓動がさらに速まり、頭の芯まで燃えるように熱くなった。

「ん……っ、ふ……」

息継ぎをした一瞬の間を見逃さず、蓮が唇をこじ開けるようにして舌を挿入させてきた。

舌を絡ませられた直後、香油をたっぷりと塗《まぶ》した蓮の指が、窄まりの肉壁を穿つように動く。

「んんぅ！　ん……っ、ぅ……」

口腔内の粘膜を愛撫されると同時に後ろの粘膜を擦られて、由弦は踵《かかと》で敷布を蹴りながら快感を逃そうとする。

彼の指の動きに合わせて喉を反らせ、びくびくと痺れたように体が震えるのを止められない。

「由弦、もう一本、指を増やす」

「ん——っ、あぁ、う……っ」

指が二本へ増やされて、由弦は腰を浮かせて離れようとするが、蓮が引き戻し、がっしりと押さえ込まれた。

「ふ……ぅ……」

由弦の分身がドクンと膨れ上がった直後、三本目の指を入れられる。

ずんと奥まで突き入れられて全身が大きく波打ち、「ああっ」と声が漏れた。

肉壁がきゅうっと締まり、妖艶に微笑んだ蓮が由弦の唇をついばみながら囁く。

「解《ほぐ》れたようだ。もう大丈夫だろう」

指が抜かれた窄まりに、蓮の灼熱が押し当てられた。

由弦は蓮の広い背中に手を回し、しがみつく。

「由弦、愛している。これから先、そなたを必ず幸せにすると誓う」

はっきりと告げながら、蓮がゆっくりと腰を進めた。

「ああぁぁ！　んぅ……、うっ……」

肉壁を擦り上げられ、狭路《せばじ》が限界まで押し広げられる。

迫り上がってくる強烈な刺激に、由弦は息を呑んだ。

「れ、蓮さ、ま……っ、くぅ……っ、あぁっ……」

由弦は目に涙を浮かべて蓮の肩を叩いた。

「由弦……私の——由弦——」

蓮の口から、愛おしげに何度も名前を呼ばれ、大きさと硬さを増した灼熱が奥へ奥へと入り込んでくる。

生理的な涙が浮かび、視界がぼんやりとゆがむ中、蓮が苦しそうに眉を寄せた。

おそらく、由弦の締め付けが相当きついのだろう。

「はぁっ、あぁ……れ、蓮様……」

掻き分けるように狭路が塞がれ、尖った亀頭に粘膜を抉られる感覚に、頭の中が白く霞んでいく。

「ああ、ようやくそなたと繋がれた」

甘く囁いた蓮が腰を動かした瞬間、深みをずぶずぶと灼熱の分身が擦り上げてきた。

「——あああぁっ！」

それまでの圧迫感を伴った痛みとは違う、甘美な痺れが全身を駆け抜け、由弦は咄嗟に蓮の逞しい胸板にすがりついて、大きく肩を上下させた。

一体何が起こったのかと目をまたたかせると、蓮がふっとやわらかい息を吐いた。

「――そなたは本当に敏感で、とても可愛いらしい」

感じやすい部分を見極めた蓮が、緩やかに腰を動かしながら、その一点を集中して擦り上げてくる。

「……ひぅ！　あぁっ……くっ……！」

由弦はくぐもった呻きを漏らし、涙を滲ませながら首を振り、無意識のうちに蓮の背に爪を立ててしまう。

太い灼熱の抽送を速めながら、蓮の甘い声音が響いた。

「愛しい由弦――私の花嫁。もっとその愛らしい顔を見せてくれ」

緩急《かんきゅう》をつけるような律動に、由弦の肌が燃えるように熱を帯び、ぴりぴりとした痛みを覚える。

「んうっ、蓮、さま……っ、あ、あ、あ……！」

「由弦、愛している……これほどまでに愛おしく思うのは、そなただけだ」

官能に溺れ眉をひそめた蓮の余裕のない表情に、由弦の胸が切なくわななく。

「蓮様っ……蓮様……！」

初めてで何もわからない由弦は、自分の貧相な体に蓮が感じてくれていることがうれしかった。

もっと彼によくなってもらいたくて、拙《つたな》いながらも懸命に腰を振り絞る。蓮の動きが一瞬止まった。

「由弦――そなたを想う気持ちが止まらない」

熱い息と共に蓮が由弦の両手を頭上でしっかりと縫い留め、すっかり蕩《とろ》け切った粘膜をぐりぐりと掻き回しながら、由弦が感じるところを苛烈に突き上げてくる。

「れ、蓮さ……ま、あぁっ、そっ……ん……」

狭路をいっぱいに埋め尽くされて、引き抜かれて突き上げられる雄々しい律動に、粘膜がぬちゅ、ぬちゅと音を奏でる。

激しく体を揺さぶられ、愉悦の波に覆いかぶさられて、由弦の分身が膨れ上がった。

荒いあえぎの中から、由弦は懸命に蓮の名を呼ぶ。

「蓮様……っ、蓮様……、蓮様……」

「ああ、由弦――私はここにいる」

最奥を抉るように蓮の強靭《きょうじん》な腰使いで抜き差しされ、全身からじわりと汗が滴った。

由弦は重く貫かれる衝撃に、自身の分身の昂りを抑えきれなくなり、あえぎ乱れる。

「あぁ……！　でちゃ……ぅ……っ、あ、あ、あっ……」

力強く情熱的に最奥を突き上げられ、限界まで追い上げられた由弦は高い声を放った。

全身を震わせながら痙攣《けいれん》と共に白濁を弾かせる。

刹那、低い唸《うな》りのような声が落ち、蓮の熱い奔流が由弦の中へ注ぎ込まれる。

「由弦――」

「は、ぁ……っ、あぁ……っ、蓮様……っ」

その熱さと衝撃に由弦の絶頂感が高まり、絶え間ない快感にぶるっと体が大きく跳ねた。

初めて感じる恍惚《こうこつ》と満足感に、由弦の目尻から涙があふれた。

「どうした？　なぜ泣く？」

蓮の手が由弦の頬を優しく撫でる。

「幸せだと思って……僕、蓮様とこうしてひとつになれて、本当にうれしいです……！」

荒い呼吸を抑えながら懸命に気持ちを吐露すると、返されたのは濃厚な口づけだった。

「ん……ぅ……」

「由弦、私の花嫁――私はずっとそなたのそばにいる」

強く抱きしめられて、乱れた息のまま舌を絡ませられた。

互いの満足感を伝え合い、自然に浮かぶ微笑みを見つめ、ついばむように口づけを繰り返す。

「蓮様――」

この上ない幸せに包まれて、由弦は目を閉じた。

エピローグ

夕方の冷たい空気の中、青元神社の社務所の鍵を閉めた伊織が静かに家へ戻ってきた。

「――伊織、お疲れ様」

「うわっ」

由弦は窓のそばに立って声をかけると、伊織が驚いて振り返った。

「びっくりした……えっ、兄さん!?　おかえりなさい！　あれ？　もう帰ってきたの？」

「伊織の顔が見たくて、蓮様に送ってもらったの」

約一週間ぶりに再会した弟が元気そうでほっとする。駆け寄ってきた伊織が笑みを浮かべて由弦の肩を叩いた。

「会いたかった。兄さんがいないと寂しくて」

「あと数日、庭園で過ごしたら戻ってくるから。僕、頑張って青元神社の宮司になるよ」

きっぱり言う由弦に、伊織が目をまたたかせる。

「兄さん、無理してない？」

「ううん。自信がなかっただけなんだ。僕は体が弱いし、伊織のように人付き合いが上手にできないから。でも努力していきたいと思う」

自分の思いを堂々と口にする由弦に、伊織が驚きつつも頬を緩ませた。

「兄さん、少しの間見ないうちに、変わったね」

「そう……？」

どこが変わったのかわからない由弦は、小首を傾げて目を丸くする。

「強くなった。それに兄さん、なんていうか……きれいになった。男にきれいって言うのはどうかと思うけど」

「え、強く？　きれいに？」

「うん！」

笑みを湛えた双眸で、伊織はじっと由弦を見つめている。

「俺、兄さんが向こうでどんな経験をしたのか知りたい」

確かに、神の庭園で様々なことがあった。

由弦は神の庭園であったことを思い出しながら、身振り手振りを交えて伊織に話す。

「――いろいろあったんだ」

コハルたちと出会い、共に過ごしたこと。

大叔父の八雲が、西南西の庭園で、奈流比古の花嫁になっていること。

そして蓮を愛し、愛されていること。

伊織は真剣な顔で由弦の話を聞いてくれたが、霊力が弱い彼は結界を通ることも、蓮や庭園の住人の姿を見ることもできない。

信じてもらえるか不安な由弦の胸中を察したのか、伊織が力強く頷いた。

「俺は兄さんの言うことを信じるよ。全然咳込まないし、すごく元気そうだ。何より、こんなに幸せそうな兄さんを見ていると、俺もうれしくなる」

言い終えると同時に、バシッと伊織が由弦の背中を叩いた。

「いた……」

「兄さんが蓮様と愛し合うなんて、本当にすごいことだよ。兄さん、おめでとう……！」

その祝福に頬が朱色に染まり、照れ笑いが浮かぶ。

「伊織といると、子供の頃に戻ったみたいな、あったかい気持ちになる。里心がついて庭園へ戻ってこなくなるって心配して、奈流比古様が八雲さんを現世に帰さなかった気持ちがわかる気がする」

口の中でつぶやいた由弦に、伊織が「ん？」と小首を傾げた。

由弦はすっと息を吸い、笑顔で伊織に告げる。

「さっきも言ったけど、この青元神社は僕が継ぎたいと思っている。だから伊織は好きな道に進んでほしい」

「――でも兄さんは蓮様と……」

「大丈夫だよ。いつか伊織の子供か、他の誰かが跡を継いでくれたら、その時は神の庭園へ嫁ぐことになるけど、それまでは蓮様が結界を抜けて、ま、毎晩、会いに来てくれるって……」

はにかんだ顔で誇らしげに告げると、伊織の瞳に切なさを含む感情が滲んだ。

「そっか――。兄さんは自分の道を見つけたんだ……。俺は、大学を出て神職の資格を取ったら、鉄道会社に就職したい。電車の運転士になるのが夢だから。でも、叔父さんたちが父さんをサポートしているように、俺も兄さんを支えるからね」

「ありがとう、伊織」

由弦は少し考えて、窓の外を見た。

「伊織、一緒に御神木を見に行こうよ」

同じように黄金色に染まった空を窓越しに見つめた伊織が、心配そうな表情を浮かべる。

「……うん、でも外は寒いよ」

「コートを着ていく。伊織と一緒に御神木を見たいんだ」

兄の気持ちを察してくれたのか、伊織が「よし行こう」と言って脱いだばかりのコートを手にした。

厚手のコートを羽織って伊織と一緒に家を出ると、冷たい風が吹き抜け、頬を刺した。

裏参道を歩いて行くと、御神木が見えてきた。大木の前で立ち止まり伊織と二人で大木を見上げる。

物心がつく前から、こうして二人で御神木を見上げてきた。二度と戻らないなつかしい日々がよみがえり、寂寞《せきばく》の思いが胸の奥から込み上げてくる。

「俺、いつまでも同じようにはいられないって、わかっていた。でも俺はずっと兄さんの弟だからね。これからもなんでも話してほしい」

「ありがとう、伊織」

二人で見上げている御神木の上空が、藍色へと色を塗り替えていく。その空の一部に白い渦が浮かんだ。

「あっ……白い渦が」

「え？　どこ？」

同じように空を凝視している伊織に渦は見えないようだ。彼の瞳にはただ、藍色が色を深めていく様子だけが映っているのだろう。

次第に渦が大きくなり、中から銀色の長髪の美青年が現れる。

「蓮様！」

「――由弦、そなたを迎えにきた」

駆け寄る由弦を蓮が優しく抱きしめた。

「蓮様が来たの？　やっぱり俺には何も見えないし、聞こえないよ」

「そうだよ、伊織。蓮様が迎えに来てくれた。ここにいるよ」

振り返った由弦は満面の笑みを浮かべるが、反して伊織は複雑そうだ。

「今までに見たどの表情より、兄さんの顔が輝いている。そっか、兄さんはまた行ってしまうのか」

切なさを纏った伊織の声音は、胸に込み上げてくるものがある。

「もう数日したら、戻ってくるから」

そう約束した由弦の体が、ふわりと浮かび上がった。

「兄さん！」

「大丈夫だよ、蓮様が抱き上げてくれたんだ」

由弦は愛しさを込めた眼差しで蓮を見つめる。

蓮の姿は伊織には見えない。声も聞こえない。それでも由弦の姿に確かなことを感じたようだ。

「——兄さんは、蓮様のことが本当に好きなんだね」

「うんっ」

迷いなく頷く由弦に笑顔を返し、伊織が御神木の前で両手を胸の前でそっと合わせた。

「——どうか、兄さんが幸せでありますように……」

由弦の体がゆっくりと空中へと上がっていく。

「行ってくるね、伊織」

いつの間にかふわふわと雪が舞い始めた。

藍色から漆黒へと変化した空を見上げると、小さな雪の結晶が次々と音もなく落ちてくる。

「行ってらっしゃい、兄さん！」

伊織が空へ向かって手を振ると、強風が吹き抜けた。

たたらを踏み、御神木に手を添えた刹那、伊織が「あっ」と声を上げた。

「見える……！　空中で兄さんを抱き上げている神様の姿がはっきりと。兄さんから話で聞いていた通りの姿だ。あの方が蓮様……。蓮様――っ」

伊織が懸命に声を張ると、蓮が由弦を抱いたまま、空中で止まって伊織の方を見た。

「伊織、そなたの兄は私の花嫁として、必ず幸せにする。安心してくれ」

凜とした優しい言葉に、伊織が深く頭を下げる。

見えないはずの蓮の姿が見え、聞こえないはずの声が聞こえた。

この奇跡は一度だけだと、伊織も気づいているのだろう。小さくなっていく由弦と蓮へ、伊織は大きく手を振り続ける。

「蓮様、どうか兄さんを、よろしくお願いします！」

わかっているというように、蓮は微笑んだ。